W0381157

69

DU MÊME AUTEUR

FABRIQUE, Gallimard, 2002.
MÉTROPOLITAINS, Gallimard, 2005.
REVIVRE LA BATAILLE, Éditions de l'Olivier, 2009.
L'INCONNU, Éditions de l'Olivier, 2013.
UNE FILLE, Éditions de l'Olivier, 2015.
JOURS D'EXIL. UNE SAISON AU LYCÉE JEAN-QUARRÉ, Éditions de l'Olivier, 2017.

JULIETTE KAHANE

69

roman

BERNARD GRASSET
PARIS

ISBN 978-2-246-82471-8

Tous droits de traduction, de reproduction et d'adaptation
réservés pour tous pays.

© *Éditions Grasset & Fasquelle, 2020.*

« Ces derniers temps, je ressuscite. »

La femme du soldat inconnu

Je n'écoutais pas vraiment ce que disait Paul, à l'autre bout du téléphone. Sa voix survoltée me chatouillait le tympan, mais à cet instant-là j'entrais dans le jardin du Luxembourg, côté rue d'Assas, et deux filles venaient de s'arrêter net devant moi, saisies par l'urgence de s'embrasser. Très jeunes, dix-huit ou dix-neuf ans. Dragon rouge et noir tatoué dans la nuque de celle qui me tournait le dos, enlaçant son amie dont je ne voyais que les jambes robustes, bien plantées dans le sol. Aucune ostentation dans leur étreinte, aucune pose. Seules au monde, elles s'entredévoraient tendrement.

Je les contournai, me demandant depuis quand c'était devenu assez courant – dans ce quartier parisien du moins – de voir deux femmes s'embrasser en public pour qu'on ne s'en étonne plus.

Pour que je ne m'en étonne plus, devrais-je dire. Ma marraine était lesbienne. Ses préférences sexuelles, dans le milieu pourtant assez bohème où j'ai été élevée, provoquaient la gêne et les silences. On ne disait pas

« lesbienne », d'ailleurs. On parlait peut-être d'« amours saphiques » – et, surtout, on s'arrangeait pour éviter le sujet. Cette marraine qui m'avait été attribuée se nommait Andrée Pragane mais tout le monde l'appelait Ibis, y compris Jean Genet, qui publia plus tard leur correspondance sous le titre *Lettres à Ibis*. Ibis avait des yeux très pâles noyés derrière d'épaisses lunettes de myope, de maigres et plats cheveux blond polaire, coupés au bol, des cils presque incolores et un long corps dégingandé qui justifiait son surnom. Sa voix était douce, d'une douceur voilée qui me mettait mal à l'aise. Elle nous donnait des cours de danse classique, écrivait des contes pour enfants et avait eu un fils. Mais lorsque son amante, une petite femme brune et énergique, la quitta, ce fut comme si toute cette pâleur et cette douceur avaient fomenté la tristesse qui l'accabla alors.

Je l'avais complètement oubliée, Ibis, comme la plupart des personnages disparus de mon enfance. Il faut ces deux filles enlacées pour que je me souvienne d'elle – tandis que Paul, mon vieux pote Paul, continue de soliloquer. Vieux pas au sens de l'âge, bien sûr : Paul a la quarantaine, je pourrais être sa mère et on ne se connaît que depuis cinq ou six ans. Pourtant elle est aussi simple, cette amitié, aussi évidente que si elle existait depuis très très longtemps.

À deux jours du colloque qu'il organise avec deux autres enseignants de Nanterre, plusieurs participants sont injoignables et c'est un peu inquiétant, développe-t-il tandis que les deux amoureuses me dépassent, bras dessus bras dessous. Je les regarde s'éloigner sous le couvert des arbres, vers la trouée lumineuse du grand bassin. En revanche, ajoute Paul, finalement Samuel Rothberg va venir. Il s'est décidé à la dernière minute – ce qui est, semble-t-il, assez son genre. Il embarque à Kennedy Airport dans la soirée et sera avec nous vendredi.

A priori rien d'étonnant, donc. Rien d'extraordinaire. Si ça se trouve il prend l'avion pour Paris tous les mois, l'innocent M. Rothberg.

Mais cette fois-ci, ce qui différencie radicalement cette fois-ci de toutes les autres où Rothberg a pu parcourir le même trajet, c'est qu'on me l'annonce à moi. Que quelqu'un, un ami qui n'est en rien lié à mon passé, sinon par curiosité intellectuelle et professionnelle, m'informe de son arrivée comme si elle concernait d'une façon quelconque ma propre vie, réelle et présente. Et m'évitant de lui demander pourquoi l'écrivain américain n'est pas mentionné dans le programme du colloque, mon archange annonciateur anticipe : comme il n'avait pas répondu à notre invitation, précise-t-il, on en avait conclu que Rothberg n'était pas intéressé.

Je ne peux rien faire pour empêcher ce nom que Paul répète avec enthousiame de me vriller l'oreille, de me trépaner le tympan, de se répandre en moi avec un aplomb inquiétant. Samuel Rothberg. Presque désagréable comme sonorité. Ça fore son chemin jusqu'à mon cerveau, c'est une espèce d'attaque-surprise.

Une incongruité. Une menace. Roth-berg, ça sonne comme le nom d'un inconnu, d'un étranger. D'ailleurs a-t-il jamais été autre chose qu'un étranger, ce type ?

Paul finit par me dire au revoir – à après-demain au colloque si on ne se voit pas d'ici là au *Nuage* – tandis que je m'arrête devant le vieux manège. Je leur trouve l'air sérieusement épuisé, à ces malheureux petits chevaux. Peinture écaillée, bois fendillé, des yeux presque effacés qui semblent implorer qu'on arrête enfin leur supplice – tous ces stigmates me suggèrent que ce sont les mêmes montures sur lesquelles je montais enfant, ratant la plupart du temps les anneaux que l'on tentait d'attraper avec une tige de bois, à chaque tour de manège.

Et là, regardant mes chaussures se poudrer de poussière claire, je prends conscience de ce qui se prépare : si je ne fais rien pour y changer quelque chose, une collision avec Samuel Rothberg est prévisible et même inévitable d'ici environ quarante-huit heures. À ce colloque, justement, où Paul m'a invitée à parler, avec d'autres, du cinéma des années post-68.

J'avais hésité à accepter, ne voyant rien d'essentiel à dire sur la « scénarisation du politique », mais j'ai du mal à refuser une invitation à parler en public, précisément parce que c'est quelque chose que j'ai longtemps détesté. Le métier de scénariste, quoique plutôt solitaire, ne dispense pas toujours de prendre la parole devant une assemblée, et au départ cela me terrifiait. Puis j'ai été surprise, amusée, de voir que j'y parvenais quand même, que j'y parvenais même de plus en plus facilement malgré la peur des trous noirs qui n'a jamais tout à fait disparu. Pas au point d'en faire un sport de combat, comme certains tueurs de la profession qui vendent leur gueule autant que leur travail, à l'esbroufe. Cependant je saisis chaque occasion de le vérifier : vaincre cette angoisse, sentir que ma fragilité même peut susciter un intérêt me procure, aujourd'hui, un certain plaisir.

Mais Sam Rothberg…

Une partie de moi, la curieuse portée sur l'aventure, est excitée par la résurrection de cette vieille histoire, quasi clandestine et si brève – quelques mois, une demi-année tout au plus – que je l'ai occultée, effacée, laissée s'évanouir dans les limbes d'un passé affreusement embrouillé. Affreux tout court. Cette partie-là de moi brûle de se rappeler, de se tourner vers la lueur intermittente, tantôt éblouissante tantôt mourante, qui clignote à la traîne du nom de Sam.

Tandis qu'une autre moi, mon moi moderne couturé et balafré, renâcle. Flaire le piège. Veut refermer le couvercle, et même avec une certaine précipitation.

Match en double sur un des courts de tennis. J'essaie de déterminer qui, des deux jeunes qui cognent ou du couple plus âgé mais meilleur en technique, est en train de gagner. La partie semble serrée, assez pour que je m'attarde un moment. Ce qui n'empêche pas, peut-être même favorise l'apparition d'un halo roux et vague, faiblement flamboyant, peu à peu animé – non par les traits d'un visage, non, rien d'aussi précis ne se dessine pour le moment, mais par le son encore inarticulé d'une voix feutrée, retenue, tapissée de joie enfantine et conquérante. C'est cela, la voix et le rire de Sam, un rire pas du tout adulte bien qu'il eût nettement plus de vingt ans quand je l'avais rencontré (vingt-cinq ou vingt-six peut-être, et moi quelques années de moins auxquelles s'étaient ajoutées depuis un nombre… impressionnant de décennies supplémentaires), c'est cela, cette jeunesse, qui me revient en premier.

Et qu'aussitôt efface une nouvelle bouffée de méfiance. Méfiance violente, colère presque contre cette histoire du temps où vies privées et politique se mélangeaient constamment. Bien d'autres amours plus réelles et plus durables ont peuplé mon existence depuis – alors que s'est-il passé à ce moment-là, dans cette période il est vrai si étrange et si inoubliable, pour que l'aventure avec Sam ait encore cette sombre aura, ce pouvoir écœurant de m'engoncer dans la révolte et la tristesse ?

Ça devient insupportable de regarder l'équipe des vieux lâcher des points alors que leur jeu est bien plus élégant. Je vais tourner les talons, quand derrière moi une voix masculine demande, un peu trop près de ma nuque : Vous aimez le tennis ? Pendant un quart de seconde, je suis plutôt flattée d'être ainsi abordée dans un jardin public. Le quart de seconde suivant, je pense au jean que je porte, et que quand je tournerai la tête il va être déçu (assez régulièrement des dragueurs me prennent, de dos, pour une jeune femme). Résultat, la situation me hérisse. Je suis furieuse d'avoir encore ces réflexes de proie soumise au désir de son séducteur, craignant de le désappointer. Mais quand je me retourne c'est pour affronter un pauvre visage gris et mou, de petits yeux inquiets sous une ridicule casquette pied-de-poule, et ma rage s'inverse en pitié. Si je ne lui souris pas, c'est uniquement pour qu'il n'y voie pas une invitation.

En quelques pas, je me retrouve près des jeux et des pelouses que nous avions entrepris de « libérer », un après-midi de printemps, avec une petite troupe d'enfants. C'était encore les tout débuts du mouvement des femmes, avant les divisions, bien avant le *backlash* qui démarrerait dans les années suivantes. Tous les jours on s'émerveillait d'être ensemble, alliées et non plus concurrentes. On se regardait, on se trouvait belles, on s'admirait. Les enfants se fabriquaient des cabanes dans un bosquet. Et quantité de gens nous avaient rejointes sur les pelouses. Avec ceux qui disaient « vous avez bien raison mesdemoiselles, l'herbe c'est fait pour piqueniquer », on riait des grincheux qui râlaient, « mais vous n'avez pas le droit ! ».

Toutes ces pérégrinations m'ont conduite, sans que je le décide, devant les palmiers de l'Orangerie. La plupart du temps je n'y pense pas mais ce coin de Luxembourg, aussi poussiéreux et ensoleillé que d'autres, sera toujours celui où, ma sœur et moi, nous retrouvions nos cousins et leurs amis pour jouer le jeudi après-midi. Nous étions souvent habillées de la même manière : robes confectionnées par Féfé, une ancienne modiste toute grise et menue qui nous « gardait » et se laissait martyriser sans broncher, gilets de laine identiques auxquels, fréquemment, une tache, un trou ou l'absence d'un bouton donnait un aspect un peu négligé, chaussures identiques, chaussettes identiquement tirebouchonnées, et cette similitude vestimentaire renforçait notre côté Artémise et Cunégonde – de la famille Fenouillard, une bande dessinée de l'avant-dernier siècle qui nous avait été transmise, par certains patriarches de notre famille, comme une des bibles de l'enfance au même titre que *La Petite Fadette, Deux hommes dans un bateau* ou les films de Charlot.

Si nous étions moins laides qu'Artémise et Cunégonde (deux longues et osseuses adultes miniatures, affligées de nez en pied de marmite où perlait toujours une goutte, et coiffées de chapeaux à visière évoquant des cornettes de religieuse), il y avait dans le maintien des sœurs Fenouillard – cou en avant, bouche béante, mains pendant devant elles à hauteur de poitrine – quelque chose comme une caricature de notre allure un peu gauche et perdue. Et il me semble aujourd'hui que pour notre entourage comme pour nous, sans que ce fût un sujet de plaisanterie ouverte, notre parenté avec les petites Fenouillard était évidente.

Je jette un coup d'œil aux cicatrices de mon poignet gauche. Elles ne disparaîtront jamais, mais sont assez fines maintenant pour ressembler aux scarifications en vogue, ces temps-ci, chez les adolescentes en mal de vivre. Et, regardant la terre grise ocellée de taches lumineuses, je me demande pourquoi tout cela me revient maintenant, avec cette force et tous ces détails colorés – Ibis, la tendresse assourdie dans la voix de ma mère et les moqueries d'un cousin, sa langue râpeuse dans ma bouche. Les actions du mouvement des femmes, l'énergie qu'il nous donnait à toutes, misérables ou conquérantes, cosettes ou guérillères – ou les deux à la fois comme nous l'étions pour la plupart. Sans toujours y parvenir, j'ai bataillé une bonne partie de ma vie pour oublier la Cunégonde que je craignais d'être, ou à tout le moins pour la rendre invisible aux yeux des autres – Cunégonde étant la cadette des Fenouillard comme moi la cadette de notre maison.

J'ai grandi. Et appris à parler. À me défendre, à cacher Cunégonde. Je l'oubliais presque. Parfois je croyais, même, être devenue une autre. Je me voyais en femme puissante et maligne, le contraire d'une victime. Je faisais la paix avec ma dégaine de sauterelle, qui s'étoffait un peu au fil du temps. Dans les montagnes russes de la vie je m'offrais quelques grisants loopings et chutes vertigineuses – mais rien ne me terrifiait plus que ces descentes en pente molle où votre petit train-train ralentit, tchouf-tchouff-tchoufff, finissant par se traîner à deux à l'heure dans les mornes vallons du renoncement. L'ennemi le plus mortel étant l'ennui, j'ai fini, entre deux pannes et trois embardées, par passer quelques vitesses. Alors que certains de mon âge commencent à s'ausculter, à envisager diverses formes de retraites, économiques, mentales ou territoriales, je me redécouvre une liberté de mouvement, une énergie toutes neuves. Et cela, comme par hasard, au moment d'un rebond de la bataille des femmes que personne n'aurait imaginé il y a encore quelques années. Dans ma génération qui a appris à se penser ensemble, à avancer et reculer ensemble, nous sommes nombreuses à nous enthousiasmer pour cette nouvelle vague mondiale – partie d'Hollywood, qui l'eût cru ? À flamber d'espoir que ce mouvement qui se répand sur la planète, avec cette simultanéité électronique, soit un encouragement perceptible par toutes les femmes où qu'elles soient, jusqu'aux plus seules et aux plus menacées, comme je le perçois dans les moments où Cunégonde refait surface sans prévenir.

Mais revoir – ou pas – Sam Rothberg, voilà qui me ramène à une période de ma vie où j'avais complètement oublié Cunégonde. Au point que lui, Sam, n'a sans doute même pas idée de son existence. À supposer qu'il se souvienne de cet éphémère imbroglio où nos vies se sont enlacées.

Accélérant le pas, je longe les grilles du Sénat, dépasse sans m'arrêter la fontaine Médicis et ses jeux d'optique. C'est en arrivant au kiosque à musique que je crois la voir passer. Fonçant comme une flèche folle à travers le jardin depuis l'entrée de la place Edmond-Rostand, grande, un peu maigre, vêtue d'une veste mongole aux longs poils gris et bouclés, elle court en sanglotant, zigzague entre les arbres, bouscule tout sur son passage. Elle court comme si une meute de loups la pourchassait, et d'une certaine manière c'est exactement ce qui se passait dans sa tête. C'était le lendemain matin de la nuit où je m'étais prise pour une petite chèvre, et la dernière que j'ai passée avec Sam.

En entrant dans le salon, je constate qu'Antoine n'a pas bougé depuis mon départ. Ou si, peut-être : il n'est plus couché sur le dos mais affalé sur le ventre. En caleçon et chaussettes, le nez écrasé sur un coussin du canapé. Au bout de sa main pendante, un verre posé sur le tapis.

Je m'approche. L'odeur du whisky m'écœure. Un vieux numéro des *Cahiers du cinéma* est coincé sous son aisselle – il s'est endormi en lisant un dossier sur ses films datant d'une dizaine d'années, celui où on le voit en couverture, joues blêmes et regard inquiet, sous le titre « Interview exclusive avec Antoine Lange ». De plus en plus fréquemment, je le surprends à relire d'anciens articles parlant de lui, comme s'il ne lui restait plus que ça à faire, relire le passé. Ses jambes sont secouées de tressaillements signalant qu'il rêve. Antoine dit et répète qu'après l'agression il n'a plus jamais réussi à dormir normalement. Et en effet depuis presque huit ans que j'ai emménagé ici, j'ai pu constater quand je dors avec lui qu'il s'agite souvent dans ses rêves. Il lui arrive de crier assez fort pour que je l'entende depuis ma chambre, à l'étage au-dessus.

Je manque d'écraser ses lunettes, qui traînent aussi au pied du canapé. Je ramasse le verre, vais le poser dans l'évier. Piochant au passage, dans une barquette entamée, une framboise qui me communique son goût de pourri. De toute façon ce n'est pas la saison des framboises et celles-ci, achetées par Lange bien sûr, viennent d'Espagne où elles ont été cueillies et mises en boîte par des sans-papiers payés quelques euros par jour. De là je sors dans le jardin, j'arrose, juste assez pour qu'elles ne tombent pas malades, les plantes les plus assoiffées. Retour dans la cuisine. Balayer, vider le lave-vaisselle, regarder par la fenêtre côté rue. Toutes ces simagrées pour finalement descendre l'escalier qui mène à la cave.

Je cherche longtemps.

D'abord dans les caisses reléguées tout au fond, là où s'entassent, dans la fine odeur de moisi, des blocs de passé sous forme de caisses et de cartons. Puis j'explore celles qui contiennent des projets de scénarios abandonnés ou inachevés. Moins je trouve, plus je m'énerve. Antoine met rarement les pieds dans cette cave, et de plus je ne l'imagine pas fouillant dans mes cartons.

Si invraisemblable que cela paraisse, c'est donc moi qui l'ai jeté, sans doute mélangé à d'autres papiers insignifiants, un jour de rangement compulsif. J'appuie une main sur le mur froid, prête à abandonner – à abandonner provisoirement, car l'idée de cette disparition me semble d'une bêtise, d'une méchanceté accablantes. Passant devant les cartons qui contiennent la paperasse administrative et les dossiers d'Antoine, j'en ouvre une au hasard.

Il est là, sur le dessus.

Tout à fait comme je me le rappelais, de la taille d'un grand carnet, à spirales et d'un rouge coquelicot qui se décante en rose orangé, avec des zones plus pâles aux coins usés. Soyeux au toucher, pelucheux. La tranche gondolée par l'humidité. Je le remonte dans la cuisine avec un tas d'autres vieilleries. J'ouvre le carnet, tombe au hasard sur : « Je marche comme un moteur qui tourne dans la forêt des rues, un sourire idiot sur les lèvres, je traverse les ponts et les quais sans m'arrêter, sans regarder le fleuve, je cogne mes talons sur les trottoirs, on dirait une folle qui fait des cercles dans une salle d'hôpital. » L'encre bleue, à cet endroit-là, est diluée par une tache d'eau en forme de mille-pattes, ou de balafre grossièrement suturée.

Barbouillée par une oppressante mixture de gêne, d'agacement et de curiosité, je continue à feuilleter. Et je tombe sur cette soirée à la communauté d'Ivry, quelque part dans l'automne 70 :

Ivry, la nuit dernière. Pleine lune roulant son gros ventre sur les bobines à haute tension de la casse EDF. Rugissements dans le jardin pelé, c'est *Motor City burning*. John Lee Hooker. Je cherche les étoiles, n'en vois aucune dans le ciel mauvasse. Des groupes flous se frôlent dans les flaques de lumière, se frottent un peu, s'effilochent vers les broussailles, là où rôdent les solitaires. Il y a un couple d'Anglais, Tim, je l'ai vu dans Paris sur son vélo. Je bois, on boit et je me retrouve allongée sur le canapé de la grande pièce, la tête sur ses cuisses. Son amie dort au premier étage. Il m'embrasse.

Do you know my Alice ? il me chuchote. *You lay on her. My Alice is special : she has to grow before entering Wonderland.*

Du coin de l'œil, je vois s'approcher un grand mec roux, efflanqué, entouré – par les frères H., les sœurs K., d'autres. On le fête et je comprends que c'est Samuel Rothberg. Qui sort juste de prison. Il a été libéré hier ou avant-hier, après six mois de préventive. Condamné à trois ans avec sursis par la Cour de sûreté, pour le raid sur la mairie de Meulan. Sur la façade de la mairie ça donnait À BAS LE TRAFIC DE L'EM, en abrégé par la charge des flics. Il s'était fait prendre trois mois plus tard sur la route de Flins, au moment où il franchissait une bête ligne jaune. La caisse pleine de tracts. En prison il a fait la grève de la faim et ça se voit sur sa figure. Mais ses yeux sont joyeux, brillants, veloutés d'une certaine distance. Guy lui dit que je suis la fille qui a écrit l'article dans le *Partisans* « Libération des femmes année zéro », sur le machisme des hommes dans les groupes gauchistes, pas mieux qu'ailleurs. Signé J. K., parce que mettre en avant son nom propre, au mouvement, c'est jugé complètement bourge et narcissique. Samuel me regarde. Tranquille, le ventre creux, il s'approche de moi toujours allongée en travers des cuisses de Tim et dit en souriant qu'il l'a lu, cet article.

Je me redresse, je voudrais lui répondre quelque chose, mais les mots ne me viennent pas. L'amie de Tim descend l'escalier, les cheveux en pétard. Elle tourne lentement autour de la pièce avant de venir se planter devant nous.

Are you going to sleep with her ? – elle demande ça d'une voix neutre.

No, commence Tim – mais des cris dans la cuisine l'interrompent.

C'est Jacky et Fred. Complètement bourrés, les deux prolos de la villa des Roses. Prolos, enfin pour l'instant ils ne sont pas plus prolos que nous étudiants. Ils ont été virés de Renault et les cheveux longs jusqu'aux épaules. Fred s'est entaillé l'index avec un couteau, ça saigne énormément, et Jacky a décidé de le soigner en tartinant la plaie de moutarde. Il coince bien serré le bras de son ami sous le sien et s'efforce d'appliquer son cataplasme mais Fred, qui semblait plutôt d'accord sur la théorie, se tortille en hurlant à la mort. Ses grands yeux de biche pleurent de douleur.

Plus tard Tim est allé se coucher avec sa fiancée, et moi dans une chambre où beaucoup de monde dormait déjà, tous serrés comme des sardines sur les matelas ou sur le plancher. C'était presque l'aube. Sam était reparti depuis longtemps, avec la fille qui semblait l'accompagner. Une fille très brune et silencieuse, beau visage fermé. Et moi je me suis endormie, coincée entre Joani et Annie, en pensant à ce garçon. À sa voix calme où se balade une envie de jouer et de caresser. Le plus sérieux quand même, le plus responsable de toute la bande. Un peu plus vieux aussi il me semble ? J'ai lu la déclaration qu'il a écrite et lue à son procès, qu'il a renversé en procès contre les trafiquants d'embauche. J'avais peur de la langue de bois mais non. Les rabatteurs, leurs complices à la préfecture, à la mairie, l'humiliation des immigrés, le mépris pour leurs vies de peine et de labeur, toutes ces choses qui ont l'air boursouflées dans nos tracts il en parle cash. Sans pathos.

À une trentaine, on s'est invitées à la conférence de presse de *Elle* sur leurs États Généraux de la femme – au programme : « recenser les problèmes de *la* femme », donc, pour, à la fin, « formuler peut-être des vœux » ! Décor genre bonbonnière, moquette qui étouffe les pas mais pas nos voix, chaises Louis XV et velours drapé, on faisait tache avec nos gros sabots. Leur ligne, en gros, c'est Évelyne Sullerot annonçant que « le Women's Lib n'aura pas lieu en France »... Donc on a un peu secoué tout ça et on leur propose un questionnaire alternatif.

Par exemple, puisque le leur, évitant les sujets qui fâchent, « oublie » de parler de l'avortement :

« Quand vous êtes enceinte et que vous ne voulez pas garder l'enfant, préférez-vous :

— les aiguilles à tricoter
— la branche de vigne
— le fil de fer, de cuivre, de laiton, barbelé
— faire le trottoir pour vous procurer 2 000 francs ? »

Lundi. Sam. Je l'ai revu rue Buffon, au local de *Tout !* Au hasard Balthazar, on s'est retrouvés assis côte à côte. Et comme la réunion traînait en longueur, il m'a proposé d'aller boire un pot. Au café on a parlé de choses et d'autres, rien de sérieux exprès. On s'est moqués de Castruche angoissé par ce qu'il considère comme une trahison, les filles de « son » organisation qui l'une après l'autre se laissent envoûter par les sirènes du Mlf. On le trouve comique quand il se dandine d'un pied sur l'autre en répétant Mon harem fout le camp y a plus qu'à mettre la clé sous la porte – comme si VLR était une petite entreprise et lui le patron. Il a un tel bagou, ce type, qu'on ne sait jamais si on a plus envie de le gifler ou de rigoler avec lui. Qu'est-ce qu'il en pense, Sam, de tout ça, je me garde bien de le lui demander. On se serre de plus en plus près sur la banquette. Il se penche pour mine de rien me respirer et ça aussi me fait rire. Il me dit que je le fais frissonner.

Moi aussi.

D'une voix pas claire. On s'embrasse, ce qui n'arrange rien. Sa main autour de mon sein gauche, la mienne plus bas sur lui.

Sans réfléchir je propose qu'on aille chez moi. Simple, évident. Je ne me pose pas de questions. Ensuite seulement je me suis souvenue qu'Antoine ne serait pas là. Il avait un rancart avec Thinville, un simili-producteur d'après lui, mais mieux que rien. Sauf que Lange, justement, est entré pile au moment où on commençait à s'aimer. Il avait oublié son scénario, ou dieu sait quoi. On était sur le lit de la première pièce, ce qui fait qu'il nous a vus tout de suite en entrant. Il a filé au fond, farfouillé dans ses affaires et il est reparti, en claquant à peine la porte. J'ai senti un flottement chez Sam, mais moi à cet instant-là j'en avais absolument rien à foutre, d'Antoine. Depuis plus d'un an qu'on est ensemble je n'ai couché avec presque personne d'autre alors que lui, j'en suis sûre, n'a rien raté. Tout ce qui m'importait, c'était de reprendre où on s'était arrêtés, et c'est ce qu'on a fait. Grâce aux *Riders on the storm*, on a vite retrouvé ce vertige qui nous tenait serrés l'un contre l'autre dans le métro, dans l'escalier, pendant qu'on se déshabillait. Douceur des lèvres, peaux, gestes.

Sam vient de refermer la porte et je veux rester seule. Flotter, être algue, rêver. Ou aussi bien tout laisser, partir dans la ville qu'on ne connaît jamais, et ce qu'il y a après.

Ce soir, à l'AG, il s'est passé quelque chose de très drôle. Comme ça chauffait dans la salle, les plus énervées grimpées sur des tables, Mafra et je ne sais qui s'engueulant comme des harpies, on a mis un moment à comprendre ce qui se tramait sur le palier. Il y a eu un grand bruit, une chute, un cri. Nous qui étions dans le fond, on a fini par apprendre que c'était Titus, le gringalet Titus qui rôde toujours dans la cour des Beaux-Arts les soirs d'AG. Comme une fois de plus il essayait de forcer l'entrée, il s'est fait refouler par quelques filles un peu brutalement sans doute, un peu trop brutalement même puisqu'il a dégringolé l'escalier à la renverse. Bilan : un bras dans le plâtre. Je suis sûre que dans sa tête cette journée s'est conclue de façon héroïque. Titus s'est juré d'assister aux AG du mouvement des femmes, c'est son combat, son insurrection à lui, et ce soir il est un blessé de guerre.

Récemment, Antoine m'a dit qu'il comprenait très bien Titus. Ça ne m'étonne pas que des lesbiennes aient envie d'exclure les hommes, mais vous, les hétéros, je ne comprends pas. Vous allez faire sécession ? la grève du sexe ?

L'engeulade, c'était encore une fois à propos de la pétition sur l'avortement. Il y a celles qui contactent des célébrités pour que le message passe dans la « grande » presse. Duras, Bulle Ogier, Jeanne Moreau, Sagan, elles sont toutes d'accord pour signer « Je me suis fait avorter » et la liste s'allonge tous les jours. Et il y a celles qui s'offusquent, on ne va pas laisser ces stars qui se font cureter dans des cliniques à Neuilly parler pour celles qui risquent leur vie avec des moyens de fortune. Discours gauchiste habituel. Mais pourquoi ne pas mettre les vedettes de notre côté, si on impose aux journaux que toutes les signataires, connues ou non, soient citées ?

J'ai dû attendre que le calme revienne pour trouver Nadja dans cette foule en ébullition, Nadja qui a promis à Samuel de me passer la clé de sa piaule, de la piaule que sa sœur lui prête, pour que nous puissions y passer une nuit ensemble, lui et moi.

C'est tout en haut d'un vieil immeuble, rue des Saints-Pères, étage des chambres de bonne. On a longtemps cherché la porte. À tâtons, la minuterie était déglinguée. Je ne saurais pas quoi écrire sur cette nuit. Juste qu'en me réveillant ce matin je croyais que chacun enfoncé dans son sommeil, on avait continué à faire l'amour. Et maintenant je ris toute seule en pensant aux mises en garde de Nadja. Elle voulait bien nous prêter la chambre de sa sœur, mais surtout elle voulait être sûre que j'étais bien au courant : Sam, c'est rien qu'un cavaleur, j'espère que tu le sais ?

27/11. Antoine et moi rue Buffon, on marche le soleil dans le dos vers *Tout !* En face de nous, sur l'autre trottoir, arrive Sam bras dessus, bras dessous avec une fille que j'ai déjà vue, une amie de Didi. Cheveux décolorés. Grande, démarche longue sur ses hautes semelles de bois, sourcils épilés qui lui font un regard écarquillé. Je l'appelle, mais une moto bruyante passe au moment où on se croise. Il me voit à peine du coin de l'œil, riant à ce que la fausse blonde raconte avec des tas de gestes. Quelque chose lourde assombrit la rue. Antoine sent ça. Il continue à me parler du montage du film sur Flins. J'entends ce qu'il dit mais ça ne m'intéresse pas.

La vie avec Antoine. Ce matin on fait l'amour, à moitié réveillés, et on se rendort. Il me dit : Tu viens à la Cinémathèque, il y a *Printemps tardif* et *Les Contes de la lune vague* ? Pas envie de bouger. Je traîne. Samuel passe alors que je ne l'attendais pas du tout, Antoine aurait aussi bien pu être là. Pas osé lui parler de la fille d'hier. Me sentais froide et sans désir. Ergoté sur Antoine, ses problèmes avec l'avance sur recettes, etc., et après, enfilant ma chèvre de Mongolie dont l'odeur me sauve toujours : je dois sortir, salut. De toute façon je ne sais pas bien ce que j'en pense, de ce type. Électricité spéciale dès qu'on se touche. Mais il a ce côté méfiant, un peu rétracté, qui ne me plaît pas trop. Tout d'un coup il est complètement ailleurs, le regard tourné vers un horizon intérieur, et on se sent gêné d'être là.

Et Antoine ? Ne vois plus que ses manies de voyeur – ces notes qu'il prend dès qu'on se dispute parce que c'est du bon matériau pour son prochain film, du pur extrait de vie qu'il faut mettre tout de suite sur papier. Avant que la mémoire ne bâtardise les gestes et les mots.

À l'AG, j'ai rencontré Hélène. Elle m'a parlé de son mari, leurs enfants, son nouveau mec qu'elle a rencontré aux Beaux-Arts. Elle a l'air de trouver simple d'aimer deux hommes à la fois. Ils vivent au premier étage d'un très vieil immeuble, dans un appartement sombre aux plafonds très hauts où tout est peint en jaune, fuchsia, vert amande. L'amour est toute sa vie : amour de ses enfants minuscules, blonds et délicieusement bouclés comme les poupées américaines que mon père m'avait offertes pour mes quatorze ans, ayant complètement oublié mon âge. Amour pour son mari, amour pour son amant qui l'adore. Amour pour elle-même. Hélène est une reine-abeille. Dans sa maison, une divinité incontestable. Elle s'habille, parle, chante, coud, cuisine et mange comme elle fait l'amour. Toute son énergie est pour l'amour, elle ne travaille pas à autre chose, mari et amant rapportent l'argent qui alimente la ruche.

En arrivant à la réunion du comité de base, à Censier, j'espérais un peu qu'il serait là, qu'il me verrait entrer dans la salle. Pas là. Tant mieux. N'arrive pas à suivre la discussion. Puis, en sortant, ils sont tous les trois dans le couloir, sous un néon. Affairés, absorbés. Sam et Guy face à face, comme aimantés l'un par l'autre, deux silhouettes longilignes aux têtes bouclées, la brune et la rousse. Jean-René au milieu, plus petit, chauve, souriant, ses yeux bleus scintillant de malice. Sam me fait un signe pour que je les rejoigne. Il rit, il est joyeux. Et maintenant je suis allongée à côté de lui, yeux fermés et qui dort, je crois. Je peux regarder sans me gêner le dessin de ses lèvres, la couleur de sa peau. Ses mains. Longues, élégantes, fortes. Les mains ne trompent pas. Je ne sais pas combien de temps a duré cette grève de la faim, il n'en parle pas, mais on dirait que ça l'a pas mal démoli. Cette fois nous sommes dans le studio de Guy, ou plutôt un studio que S. lui prête, rue Monsieur-le-Prince. Comme j'avais encore mal à la tête à cause de tout le mauvais vin qu'on avait bu, Sam a repéré un petit pot au couvercle doré, à côté d'autres petits pots, de vaseline et de tas de trucs inconnus. L'étiquette bleu jaune rouge disait *Tiger balm*. En me frottant les tempes avec, il disait : Essaie ça. Pour moi ça marche. Ça n'a pas marché, mais j'aimais qu'il s'occupe de mon mal.

Et après, quand je me suis relevée pour attraper le paquet de cigarettes et qu'il me regardait, assise nue au bord du matelas, il me dit que je suis belle. D'une beauté qu'on ne voit pas tout de suite, il dit. J'ai souri distraitement. Comme s'il me demandait du feu. Une moitié de moi était vexée à mort – ah vraiment, je suis si quelconque ? – et l'autre s'est jetée sur lui, pour recommencer.

Ivry. A. me chuchote à l'oreille qu'elle a fait de petits personnages en terre puis les a mis à cuire dans le four.

Ils sont comme toi, dit-elle, très longs et minces.

Je n'aime pas trop qu'elle me parle, de sa petite voix triste et obstinée. Ensuite elle est entrée dans la chambre où on était couchés, Annie et moi et d'autres gens. Elle se tenait debout devant le matelas et elle insistait, elle voulait que je soulève mon pull. Tu peux bien me montrer au moins tes seins, elle disait. C'est comme ça, Ivry, il y a plein de gens que je trouve beaux ensemble mais avec qui je n'aurais pas envie d'avoir une histoire.

Des cris dévalent l'escalier. C'est la petite sœur Hocq, elle pleure parce que son amant ne l'aime plus. Elle se roule par terre. Ses grands frères sont gênés. Son amant dit qu'il est philosophe, mais la plupart du temps il est surtout défoncé.

Depuis un bon quart d'heure, Antoine grogne et balbutie dans son sommeil. Au lieu de monter dans ma chambre continuer à lire le carnet, je mets la radio aussi fort que je peux le supporter. Il lui faut de longues minutes pour se réveiller, suivies d'un languissant chapelet d'encore plus longues minutes pour se lever au ralenti, déplier par segments son corps ankylosé, et finalement élaborer le projet d'aller faire le marché, puisqu'on est mardi.

L'œil mauvais, je le regarde se diriger vers la salle de bains, frôlant d'une main les murs tel un vieillard qui ne tient plus debout sans canne. Comme chaque fois que je sens monter l'exaspération, je me force à me le rappeler tel qu'il était quand je l'ai rencontré. Et surtout – c'est encore ça le meilleur truc –, surtout je tente une fois de plus, pour la cinq-centième ou cinq-millième fois, de me l'imaginer enfant. Enfant fils de Violette, ouvrière étireuse à la Rhodiacéta. Et cette fois encore, surtout si je me tourne vers la fenêtre pour ne plus avoir l'actuel Lange dans mon champ de vision, cela marche à peu près. J'arrive à lui dire, d'une voix calme et presque douce, que je ferai du café pendant qu'il sera sous la douche.

*

C'était à une réunion avec des cinéastes, à l'automne 68. Je me souviens que j'étais assise sur une table, les jambes repliées sous moi. Je portais sûrement l'imperméable vert que je ne quittais guère cet automne-là, à l'époque je n'avais que très peu de vêtements. L'objet de la réunion était clair et simple, pour une fois : les cinéastes voulaient faire un film autour de Renault-Billancourt, ils cherchaient des militants susceptibles de les cornaquer. Nous étions un certain nombre de filles à aller régulièrement vendre un journal ou distribuer des tracts hyperboliques devant l'entrée principale ou dans la sombre rue-couloir de l'autre côté du fleuve, bordée de cafés-hôtels où logeaient des OS maghrébins qui travaillaient à l'usine – mais là, pour cette prise de contact importante, ça se passait entre hommes. Silencieuse, à la fois curieuse et distraite, je les écoutais parler. À l'autre bout de la pièce bondée, un garçon, les cheveux aux épaules, ne me quittait pas des yeux. Quand il proposa, et certains se retournèrent pour voir d'où sortait cet accent qui sonnait un peu suisse, de se joindre à une équipe de repérages, c'est moi qu'il regardait. Sa voix traînante contrastait avec son corps aussi dense et compact qu'une batterie sous haute tension, dont la nervosité se percevait même de l'autre côté de la grande salle. À la fin de la réunion, quand tout le monde s'est levé et mis à parler en même temps, il s'est approché. J'ai vu alors que son œil gauche louchait un peu vers l'intérieur, à peine, qu'il avait des boutons d'acné sur les joues, mais tout ce que je me suis dit, c'est ça : une bouche de rouleur de pelles. Les boutons, c'était probablement qu'il ne mangeait que des conserves et de la tambouille de resto U. J'ai appris qu'il venait de Besançon, d'où l'accent nonchalant. Et cet œil légèrement déviant, finalement, donnait à sa physionomie un air flottant, songeur, qui me troublait. Sans hésiter une seconde, j'ai quitté B., le gentil garçon que j'avais épousé moins d'un an plus tôt. Plus vieux que moi de quelques années, il enseignait déjà tout en finissant ses études et les bouleversements en cours lui semblaient des gamineries. En réalité, le mois de mai nous avait déjà séparés.

Antoine m'entraînait tous les jours à la Cinémathèque de Chaillot, où depuis son arrivée à Paris il voyait au moins deux films d'affilée, souvent trois. Si bien que Langlois, le manitou du lieu, avait fini par le repérer et l'appelait l'ange des strapontins. Dans les petites salles de la rue Champollion, on explorait des raretés du nouveau cinéma hongrois ou brésilien, ou des séries Z adulées pour leur horrifique nullité aussi bien que les chefs-d'œuvre de Murnau, de Lang, d'Eisenstein. Parfois aussi on fréquentait des ciné-clubs de quartier – c'est dans un de ceux-là, le Brady, que nous avons découvert *La Nuit du chasseur* qu'Antoine retourna voir les cinq jours suivants. Même quand on flirtait – je peux sans difficulté me rappeler ces caresses dans le noir, enluminées par les reflets tressautants de l'image géante –, il ne perdait jamais tout à fait le film de vue. Ou peut-être était-ce le film qui s'imposait comme troisième et désirable partenaire. De minuit à six heures du matin, Antoine nettoyait des wagons dans un dépôt ferroviaire. Jusqu'à ce qu'on se connaisse, il dormait un jour ici l'autre là, au hasard des rencontres. Quelques semaines plus tard, on emménageait ensemble dans une chambre de bonne meublée et je l'appelais tantôt Lange tantôt Antoine.

Retourné à Besançon pour faire avancer son projet de court-métrage sur un groupe de rockeurs de son lycée, il m'envoyait des lettres sans fautes d'orthographe détaillant ses journées sans intérêt – les musiciens du groupe se bagarrent sans arrêt et si tu savais ce que je m'emmerde, bonhomme, même plus envie de partir en blonde avec les gars. Je l'avait rejoint dans le deux-pièces de Palente-les-Orchamps où il avait grandi sans père, à l'ombre de la Rhodia. Dans la chambre dormaient Violette et Bachir, un OS lui aussi, rencontré quand Antoine avait une dizaine d'années. Un homme pas méchant mais ours bourru, taciturne, qui n'avait pas voulu se mêler de son éducation. On parlait longtemps à mi-voix avant de trouver le sommeil, entre le buffet quatre portes de

Formica céladon et le lit cosy, dont l'étagère supportait quelques livres et une collection de la revue *Image et son*, deuxième prix d'un jeu-concours remporté au ciné-club de Palente. C'est là qu'il m'a raconté comment l'année d'avant, au moment de la grande grève de la Rhodia, une bande de cinéastes parisiens était venue filmer l'usine occupée. Après le lycée, tous les soirs, il y allait. Les familles s'y retrouvaient, il y avait des projections de films, de la musique, certains soirs ça dansait.

Ça avait quand même une sacrée gueule, disait Antoine. Je n'ai pas osé leur parler, aux Parisiens, mais j'écoutais tout ce qu'ils racontaient.

En décembre, ils étaient revenus filmer des ouvriers de la Rhodia chez eux. Mais quand au printemps suivant l'un d'eux, un certain Chris Marker, était retourné à Besançon pour projeter leur film *À bientôt j'espère*, beaucoup dans la salle l'avaient trouvé trop romantique, et avaient traité les Parisiens de touristes. C'était peut-être vrai, mais pour Antoine ça avait fait tilt. En juin, au moment où il aurait dû passer son bac, lui, le bon élève qui avait obtenu une bourse pour aller jusqu'aux études supérieures, était à Sochaux dans les bagarres avec les CRS. Il avait laissé un mot à sa mère et était parti en stop pour apprendre à Paris ce que c'est, le cinéma, comment ça se fabrique.

Durant ces quelques jours, je sentais souvent le regard de Violette posé sur moi. Ses yeux noirs d'écureuil aux aguets, en perpétuelle agitation sous ses paupières tombantes, me fixaient avec méfiance. À la dernière minute, elle avait essayé de me parler dans la cuisine. Elle rêvait de voir Antoine reprendre ses études – si tu r'veux du café y'en r'na, je me souviens de cette phrase qu'elle disait pour m'appâter, debout devant la gazinière –, parce que ça le mènera nulle part, ces dauberies de cinéma. Les avant-bras collés à la surface froide de la toile cirée, je regardais par la fenêtre l'enseigne clignotante du *Ravi*. Je n'avais rien trouvé à répondre. On était repartis à Paris, laissant sur l'étagère du cosy la collection d'*Image et son*.

Antoine m'accompagnait dans la venteuse rue du bas Meudon où j'étais censée vendre, aux immigrés qui habitaient dans les cafés-hôtels, un journal dont je n'arrivais jamais à lire autre chose que les titres. Ils sont comme mon beau-père Bachir, constatait Antoine, taiseux et fatigués. C'est complètement délirant de leur mettre sous le nez ces gros titres sur une guerre révolutionnaire dans les usines. Mais surtout, il n'était pas venu à Paris pour cela. Très vite, il a trouvé du travail sur des tournages, comme machino ou renfort électro. Puis il a rencontré les cinéastes du groupe Zanzibar et leur mécène, une jeune milliardaire qui baladait son ennui et sa crinière flamboyante dans les milieux gauchistes. Au contact de ces dandies fauchés, il a vite perdu son accent et oublié ses tournures franc-comtoises – sans réussir à se passionner pour leurs films expérimentaux. On a emménagé rue des Martyrs, dans un deux-pièces mansardé, et quelque temps plus tard je me suis rendu compte qu'il notait tout ce qui nous arrivait. Si on se disputait, tout d'un coup il s'arrêtait et sortait sans prévenir. Je l'entendais dévaler les six étages. Comme je trouvais cela étrange, il m'expliqua qu'il descendait au café pour noter les phrases exactes qu'on venait d'échanger, mot pour mot si possible. Je protestais que c'était tordu, cette façon de m'espionner (et, encore plus retors, de s'espionner lui-même).

Mais bientôt j'eus la tête ailleurs. Tandis qu'Antoine tournait, grâce à un chèque de la flamboyante milliardaire, son premier court-métrage avec les rockeurs bisontins, je m'aperçus que j'étais enceinte. La question ne fut même pas posée de garder l'enfant ni des suites possibles et diverses d'un avortement. J'allai une première fois chez une faiseuse d'anges, rue Charles-Baudelaire (ça non plus ça ne s'oublie pas), qui me posa une sonde sur la table de sa cuisine. La sonde n'ayant pas tenu, j'y retournai et l'autre, pas contente, la fit bouillir dans une casserole et la replaça, en me prescrivant de sauter à la corde. Pendant cette période, il m'arrivait de voir Antoine flirter devant moi, avec la monteuse du court-métrage. Je ne disais rien. Même papillonnant de-ci de-là, je le sentais toujours aussi amoureux. Finalement je m'étais résignée à demander de l'argent à mon père pour un curetage clandestin dans une clinique.

*

Quand Antoine revient de la salle de bains, en caleçon de popeline indigo, le court-circuit est cruel. L'effort qu'il fait pour se tenir droit, en rejetant ses épaules vers l'arrière, fait surtout saillir son thorax osseux et son estomac, mais l'intention y est. L'eau chaude a rougi les cicatrices zébrant son torse d'un Z qui zigzague mollement entre abdomen et côtes supérieures – le chirurgien qui l'avait opéré après l'agression savait sûrement ce qu'il faisait en reliant ainsi les petits cratères roses et plissés des points d'entrée des balles dans son corps. Une dans l'intestin, une à la pointe inférieure du foie, la troisième au bord du poumon gauche et une dernière dans l'œsophage : Daphné avait tiré à moins de trois mètres sans réussir à le tuer. Peut-être ne voulait-elle pas vraiment le tuer, d'ailleurs, mais plutôt lui infliger une souffrance égale à la sienne. Et de ce point de vue, ce n'était pas raté.

Antoine boucle son corset chirurgical avant d'enfiler une chemise propre. Pendant qu'il la boutonne, il regarde le carnet, le petit tas de documents que j'ai remontés de la cave – visiblement préoccupé par autre chose. Finalement, attrapant délicatement une cigarette entre ses gros doigts, l'allumant d'un geste élégant du poignet, il dit qu'il veut me raconter le rêve qu'il faisait quand il s'est réveillé. Ce geste léger, rapide, me bouleverse. Me remplit de honte.

Je lui tends un bol de café et m'assieds en face de lui, avec un sourire que j'espère sincèrement affectueux.

Il me raconte une confuse histoire de poursuite dans un paysage désert, et puis finalement on va ensemble au marché. Je n'imaginais pas ma journée comme ça, mais il faut croire que ça m'arrange de la passer avec Antoine, à faire les courses, la cuisine et à lire côte à côte, sans parler. Lui Bukowski et moi Lucia Berlin, on a parfois de ces correspondances secrètes. Oubliant tout le reste, c'est-à-dire pour moi le travail auquel je n'ai pas touché depuis une semaine, une commande de Claude Merlin. L'adaptation pour Arte d'un roman fadasse qui, je n'arrive pas à comprendre pourquoi, enthousiasme Claude. Et surtout évitant de penser à ce colloque, à ce Rothberg surgi du néant.

Bien plus tard, m'asseyant au bord du lit, je jette un coup d'œil au corps allongé à côté de moi. Immobile et raide comme un mort, une main protégeant la plus large des cicatrices, juste au-dessus du plexus. Ses bras amaigris semblent deux branches sèches échouées le long des côtes saillantes et du ventre pâle de mammifère flapi. L'oreille tendue, j'attends en silence, l'œil fixé sur la collection de photographies qu'Antoine, comme un adolescent ou un enquêteur de police criminelle, affiche au-dessus de son lit. Toute sa vie y est punaisée et donc, aussi, une partie de la mienne.

Il y en a une de nous deux très jeunes, de l'époque de la rue des Martyrs, où nous avons le même sourire de joie intime que nos regards, légèrement détournés, éloignent de l'objectif. Parfois les gens qui voient cette photo s'arrêtent pour la regarder d'un air rêveur. Il y en a d'Antoine et Daphné au moment de leurs premiers films ensemble, et de Daphné seule à la même époque, beauté fragile capturée par le désir d'Antoine. D'autres des années 80, de Marcelle à divers âges, bébé dans les bras de Daphné, nativité à la Lorenzetti, puis entre Daphné et Antoine dans l'appartement de la rue Saint-Denis, époque descente aux enfers, puis avec moi quand, Daphné ayant commencé à battre la campagne, j'avais pris la petite chez moi. Dans la pénombre, je cherche une photo qu'il a faite à Lisbonne il y a six ou sept ans : je descends d'un tramway, dans le Bairro Alto. Quelque chose dans la lumière, dans ce saut que je fais pour quitter le tramway me dit qu'on était bien ensemble, ce jour-là.

Quelques années plus tôt, en 2008, j'était allée le voir à l'hôpital où ses blessures cicatrisaient lentement. J'allais aussi voir Daphné. Ayant été jugée pénalement irresponsable de la tentative de meurtre, commise dans un accès délirant, elle était internée dans le secteur fermé d'un hôpital psychiatrique, à Villejuif. À ce moment-là, nous nous sommes fait du bien, Antoine et moi. Il était seul, amer, il souffrait. J'étais seule, je buvais trop, je me sentais parfaitement terne et insignifiante. Il m'a proposé de partager cette maison trop vide, encouragée à écrire. Mais blinde-toi un peu, me répétait-il. T'as pas les épaules pour ce métier. Son regard tendre et apitoyé m'exaspérait, mais je l'écoutais. Il m'a fait rencontrer Claude Merlin, quelques autres producteurs.

Et finalement, en partie grâce à son aide, les choses se sont améliorées pour moi – tandis que lui se repliait dans un monde d'obsessions et de peurs où il est inutile d'essayer de le suivre. Parfois il me semble qu'il se sent terriblement coupable de la déréliction qui frappe Daphné, mais on n'en parle pas. Ce qui est sûr, c'est que là où il cauchemarde, je ne peux ni ne veux aller.

Quand je suis certaine d'entendre ce qui est à peine une respiration, plutôt une faible vibration de l'air entre ses lèvres, je me lève sans bruit et je monte dans ma chambre pour enfiler un jean et un pull à grosses mailles. J'ai du mal à mettre la main sur un crayon, finis par en trouver un, complètement épointé, que je taille au cutter. Puis, redescendue dans la cuisine, je plante des bougies neuves sur le chandelier, j'attrape le carnet rouge décanté et vais m'installer sur le vieux banc de bois au fond du jardin. La gêne me reprend, plus forte que tout à l'heure. Je sens que ma bouche grimace, que ma nuque se crispe, que les yeux me piquent parce que j'oublie de cligner des paupières. Finalement, les joues en feu, je me lève et je rentre dans la cuisine. Un verre de vin que je bois très vite, en regardant la rue déserte. Puis un deuxième, plus lentement. Le troisième, je l'emporte d'un pas un peu flottant jusqu'au banc. Et cette fois, crayon en main, je rouvre le carnet pour aller directement à cette page, datée du 9 décembre 1970 :

On est tous les deux à l'extrême bord du trottoir, devant Censier. Autour de nous ça entre et sort par vagues du meeting de l'amphi B. Il fait beau, presque doux. Les arbres au coin de la rue sont pleins de feuilles neuves et d'oiseaux. Sam porte son vieil imper qui lui bat les jambes et un cercle d'argent à son poignet droit. Cheveux vénitiens, emmêlés en auréole autour de sa tête. J'ai enfilé mon habituel costume de clown : pantalon de patchwork volé chez Bob Shop, blouson noir cintré (volé aussi, j'étais avec Suzanne, il est tellement bien qu'on y est retournées pour en voler un deuxième dans la petite boutique en sous-sol, rue de l'Échaudé). Chemise d'homme dont les poignets et les pans dépassent, d'un coton écru très doux et très usé, que Sam m'a donnée. Il m'a dit que cette chemise appartenait à Dreyfus, le cap'taine Alfred qui est un de ses ancêtres, quelque chose comme son arrière ou arrière-arrière-grand-oncle. Elle est un peu déchirée par endroits et mal reprisée à gros points de fil blanc et tachée de rouille et de traces de peinture.

Il se tient souvent un peu voûté. Certains jours son visage est lourd, fatigué, deux plis profonds jusqu'aux coins de sa bouche. Quelquefois, il dit, je sens ma tête partir en arrière et j'ai l'impression de perdre l'équilibre. Ensuite il me regarde et se met à rire, la tête levée vers le ciel comme pour provoquer le vertige, d'un rire assourdi qui monte de très bas jusqu'à sa gorge.

15 décembre. Antoine ne sent pas ce qui se passe. Ou bien il comprend très bien, au contraire. Il ne m'a jamais dit un mot de l'après-midi où il nous avait surpris rue des Martyrs. Il n'a pas réagi non plus quand, cette nuit, je l'ai appelé Sam pendant qu'on baisait. Comment savoir, avec Antoine ? Il passe le plus clair de son temps à chercher du fric pour son premier long-métrage, je crois que rien de vraiment important n'existe pour lui à part cela.

Depuis quelque temps je marche à travers Paris, pendant des heures. Je marche comme un moteur qui tourne dans la forêt des rues, les côtes dilatées, un sourire idiot sur les lèvres, je traverse les ponts et les quais sans m'arrêter, sans regarder le fleuve, je cogne mes talons sur les trottoirs, on dirait une folle qui fait des cercles dans une salle d'hôpital. Quelquefois je me mets à suivre quelqu'un dont la démarche m'attire, je m'installe dans le glissement de ses pas paisibles, dans le sautillement de ses pieds véloces. Même si ça se voit à peine, je danse.

Asnières, hier matin. On est trois ou quatre filles dans la salle de bains, occupées à se laver, s'habiller, se maquiller. Aricie, la petite amie de Samuel, s'en va quand j'entre dans la pièce. Je la connais peu, cette fille qui a une tête de madone muette, aux paupières souvent baissées alors qu'elle a des yeux vert émeraude. Sa beauté m'impressionne. Le noir de ses cheveux, d'un grain de beauté au coin de sa bouche, assez large, un peu en relief, tout à fait comme une mouche Grand Siècle. Comme si tout cet excès de noir ne pouvait se mélanger au reste du corps. Et sa pudeur m'agace, cette surprenante pudeur d'honnête femme qui cache ses beaux yeux verts au commun des mortels. Aricie ne nous aime pas, je crois, nous les filles du mouvement. Elle a l'air si grave, si sérieuse (et pas très marrante, pour tout dire) que j'aurais d'ailleurs du mal à être amie avec elle. Mais ça n'a pas d'importance. Je ne veux pas prendre sa place. Personne ne veut prendre la place de personne et personne n'appartient à personne. Dans l'espace-temps qui est le nôtre, on a assez de désir pour aimer plusieurs personnes à la fois. Pourtant, aujourd'hui, Régine m'a coincée contre le lavabo, les yeux brillants de reproche.

Tu as vu cette cicatrice qu'elle a, Aricie, sur le dos de la main ?

Sa petite voix zézayante me pique, très haut perchée, comme un couteau pointu.

Non.

En fait Aricie et moi, on n'a pas dû se dire trois mots au total, bien qu'on se croise régulièrement. La petite bouche de Régine se plisse. Sa voix monte dans les suraigus, elle déborde de pitié.

Elle s'est fait ça avec une cigarette. Elle dit que comme ça, au moins, elle sait pourquoi elle a mal.

Ça ne me fait rien. Ni pitié ni culpabilité. Si j'éprouve quelque chose, c'est de la jalousie. Jalousie et même hostilité, peut-être, pour cette souffrance si normale. Je n'essaie pas une seconde de me mettre à sa place. Régine, elle, doit en être plus capable que moi. Elle aussi est malheureuse à cause de son jules qui a plein d'histoires et souvent elle pleure.

Les « filles de VLR » : elles sont de plus en plus nombreuses à émigrer, comme Régine ou Nadja, vers le mouvement des femmes. Mais même celles qui nous traitent encore d'intellectuelles petites-bourgeoises commencent à se révolter contre la loi des machos, gauchistes et prolos inclus. F., qui vit en communauté près de Renault-Flins, me dit qu'elle et les autres femmes de la maison ne supportent plus de voir débouler des loubards qui traitent leurs copines comme des paillassons, ostensiblement. Elles en ont marre du chantage des ouvriers immigrés qui les traitent de racistes si elles n'ont pas envie de coucher avec eux. Et des militants qui leur disent qu'après tout, oui, elles pourraient faire un petit effort pour alléger la misère sexuelle du prolétariat immigré.

Je ne suis pas normale. Je ne suis plus moi. Ou je suis enfin moi. Depuis quelque temps, c'est à nouveau comme pendant mai, cette sensation que mon énergie est sans limites, fuse dans tous les sens à la fois. Antoine le voit aussi, il me regarde comme une inconnue qui l'excite. Me colle aux basques, en même temps se méfie. Avance recule. C'est le mouvement des femmes qui fait ça. De se trouver toutes ensemble, on découvre le pouvoir qu'on a de dire merde aux hommes qui se croient supérieurs de naissance, on éclate d'une force inconnue et cela doit se voir à mon teint, à ma démarche, au brillant de mes yeux. C'est aussi ça sans doute qui attire Samuel. Il me croit vraiment forte. Avoir l'air invincible, peut-être que ça suffit pour l'être ? On est restés deux heures cet après-midi à la terrasse des *Deux-Saules*, dans le froid. J'étais bien, on mangeait des frites et on riait. Il roulait des joints. Voulait pas parler de lui mais de l'article sur les militantes – ou comment on en a marre d'être traitées en secrétaires, distributrices de tracts et soigneuses de guerriers par ces mêmes hommes qui disent et répètent que la vie privée, c'est aussi politique. Je lui dis que je suis contente qu'il aime ce texte, ça veut dire qu'il comprend que sur cette question-là les femmes doivent se battre sans eux. On ne veut pas de leurs avis ni de leurs conseils, on veut décider entre nous comment on avance, et c'est comme ça parce que cette fois les masses exploitées, c'est aussi nous. Sam ne dit pas ce qu'il en pense, il hoche la tête, l'air de chercher quelque chose. Comment traverser le miroir, peut-être ?

Hier soir avec Suzanne (à propos de miroir) : on était sur le canapé de l'appart où elle vit en ce moment, elle avait l'air triste, et quand elle s'est mise à m'embrasser je me suis dit pourquoi pas. Deux hétéros tâtonnantes. Sauf que pour elle ce n'était pas la première fois. Elle commençait à s'emballer, moi j'éprouvais une certaine jouissance, diffuse, un peu passive, jusqu'au moment où cette jouissance s'est transformée en panique. J'avais un sentiment d'étrangeté, l'impression de me dédoubler comme si je me faisais l'amour à moi-même. Je lui ai dit que je préférais arrêter. On s'est mises à parler de tout autre chose, et j'étais soulagée qu'elle ne fasse pas de commentaires, qu'elle ne me pose pas de questions.

Des gens commencent à remarquer qu'il se passe quelque chose entre Samuel et moi. Didi me parle du chagrin de Damia, son amie. Inconsolable depuis qu'elle est partie quelques jours en vadrouille avec lui, qui l'a ensuite laissée choir. Je crois reconnaître la blonde aux sourcils épilés. Ça ne me fait rien.

Cet après-midi nous avions rendez-vous avec Tito Gérassi, le cousin de Jean-René, pour parler de livres. Au *Sélect* : Tito, c'est l'ami américain de Sartre. Il ressemble à Jean-Jacques Lebel en brun. Barbu, bavard, aimable, pressé. Mon père, après avoir ricané sur mai 68 comme si « sa » révolution sexuelle à lui risquait d'en pâlir, a imaginé depuis New York une série de petits livres sur ce qui se passe ici et ailleurs en Europe, et pensé que Tito était le bon type, un peu anar, un peu marxiste, pour nous convaincre. Il allongerait quelques sous pour des enquêtes, des voyages. Antoine n'est pas intéressé, évidemment, mais Guy, Sam et moi on propose un premier reportage en Calabre, sur la révolte de Reggio qui prend des allures de guerre civile. J'attends qu'on soit entre nous pour avertir les deux autres qu'il vaut mieux se méfier des promesses de mon cher papa, cet incorrigible flambeur aux poches percées – mais on ne sait jamais, il est peut-être dans une de ses périodes fastes, ou il aura fini par gagner un procès contre Nabokov, ou contre un des éditeurs pirates de la côte californienne, qui se font des fortunes avec *Lolita*.

Antoine, lui, flirte ces temps-ci avec une actrice, ou une fille qui essaie de devenir actrice et qui, si je comprends bien, l'emmène dans des soirées où on baise avec des gens qu'on ne connaît pas et avec qui on n'a même pas besoin de parler. Mes projets de voyage ne le gênent donc pas du tout, au contraire.

7/1/71. Aujourd'hui on a décroché, Nœnœuil, Emmanuel et moi, un contrat pour une enquête sur un nouveau fromage orange qu'ils essayent de lancer sur le marché. Cinq cents francs chacun pour quelques heures de bidonnage, c'est honnête. Ça leur apprendra à fabriquer des fromages synthétiques avec des couleurs si craignos.

Quand on est arrivées à Asnières, avec Marielle, Samuel était dans l'entrée, au pied de l'escalier. Il tenait la petite enfant de Solange à califourchon sur ses hanches. C'était éblouissant de les voir rire pendant qu'il la faisait tourner et qu'elle lui tirait les cheveux, indifférents à tous ces pédés, les copains de Guy, qui jouaient les folles en criant qu'ils étaient libres de s'enculer comme ils voulaient. Plus c'est grossier plus ça leur plaît, ils disent que ça fait partie de leurs armes. Sam a une façon de rire tellement... secrète. J'adore le faire rire. Par exemple je lui dis en roulant des yeux de folle : je t'aime tant, tu peux pas savoir !

Ça nous fait rire, on est heureux de jouer à l'amour. De jouer l'amour. Chaque fois qu'on se retrouve on remet tout en jeu. Le jeu de ne pas savoir à l'avance qui décide quoi, ce qui sera masculin ou féminin. On se caresse, on se baise de telle sorte que le plaisir voyage d'un bout à l'autre de nos corps, qu'on se fait jouir de partout. Parfois je me dis c'est dommage, on invente des gestes et des mots qu'on ne peut pas retenir. Il faudrait faire comme Antoine, noter au fur et à mesure, mais ça fausserait tout.

Je crois que si ça marche si bien, c'est à cause de cette douceur entre nous. Un peu le contraire de Guy et ses amis folles obsédés par la pénétration, qui ne parlent que de bites et d'enculage. Selon Guy, c'est parce que les pédés, on leur interdisait d'abord le sexe. Ils se rattrapent. Et pour ceux qui se déguisent en caricatures de femmes, maquillés et travestis, ce serait une façon, en jouant tous les rôles, de les déconstruire...

Par rapport à Arcueil c'est presque le luxe, cette grande maison aux hautes fenêtres. Ils ont repeint toutes les pièces en blanc et mis leurs vêtements en commun dans un grand placard. L'autre jour, j'y ai laissé mon jean et pris à la place un pantalon jaune, en velours côtelé, qui me plaisait. Deux jours plus tard, là j'ai été un peu gênée, Samuel m'a demandé si je pouvais le rapporter parce que c'est celui qu'Aricie porte le plus souvent.

À Arcueil, on est moins élégants. La cuisine est toujours pleine d'assiettes pas lavées, de poubelles qui débordent. C'est un peu comme si tout d'un coup le capharnaüm de mon enfance devenait une histoire gaie, au lieu de puer la mort. Je dors de plus en plus souvent dans le grenier, qui est une sorte de dortoir pour les gens de passage. Je m'y sens mieux que rue des Martyrs. Surtout pour Marielle. Elle, Marielle, mon amie, ça l'encombre d'être aussi belle, elle s'habille n'importe comment pour qu'on n'y fasse pas attention mais ça ne change rien, tout le monde remarque sa beauté. On va faire des courses au supermarché de Bagneux, et comme on n'a pas d'argent on change les étiquettes du vin et du camembert et on en met la moitié dans nos poches et nos sacs. Il y a toujours à manger pour dix ou quinze ou vingt, on ne sait jamais combien on sera à table le soir. Mais une chose qu'on trouve stupide, c'est d'enlever la porte des toilettes comme ils l'ont fait à Bagneux, la maison où vit Marcia avec des gépistes. Ils sont trop sérieux ceux-là, trop systématiques, même quand il s'agit de faire l'amour entre eux, comme s'ils étaient à la fois les savants et les animaux du laboratoire. Dans le grenier d'Arcueil il y a aussi un garçon de Vincennes, Shadok, qui me colle et qui s'offusque que je l'envoie baller. D'après lui ce serait la moindre des choses que je couche avec lui, je suis juste une coincée qui croit qu'elle n'en a pas envie mais ça me viendrait en le faisant...

10 février. Aujourd'hui, on est allés saboter une conférence du Pr Lejeune, qui faisait son numéro « Laissez-les vivre » à l'Institut catholique. On était cinquante ou soixante femmes, plus un certain nombre de garçons. Lejeune, comme ses prédécesseurs pétainistes, accuse les femmes qui avortent d'infanticide. Tellement fanatique qu'il voudrait faire interdire l'accès aux ponctions amniotiques. Comme il avait du mal à se faire entendre avec tous nos chants, nos sifflets et nos cris, les

appariteurs ont essayé de nous faire sortir mais ils n'étaient pas assez nombreux. Alors une fille s'est approchée de l'estrade avec un sac en plastique dans les mains, et ce sac en plastique contenait une grosse masse sanguinolente qu'elle a balancée sur le bureau de Lejeune, en criant « Je viens d'avorter, professeur ! ». Vu l'énormité du paquet – un bon kilo de mou de veau –, c'est plutôt une grosse grappe de fœtus qui lui a éclaboussé la chemise. Là, il s'est tu pour de bon. On l'a laissé avec son public de bonnes sœurs et de curés qui nous regardaient, la bouche ouverte.

À cet endroit, un coup de vent aigre interrompt ma lecture. Sur mon front, sur ma lèvre supérieure, un peu de sueur se glace. Difficile à admettre, mais c'est comme ça : cette jeune fleur bleue m'agace et me remue, me tracasse bien plus encore que je ne le craignais. J'ai du mal à la reconnaître et pourtant je la sens là, sur moi, dans cette buée qui se pose sur mon visage comme une fraîche et fine couche de joie brillante. Sa gaieté, son insouciance, ses prétentions. Elle m'exaspère. Elle me remplit de jalousie. L'époque n'y était pas pour rien, sans doute, qui offrait un terrain de jeux imprévu aux hypertrophiés de l'imaginaire, aux demi-fous et aux simplets. Mais tout de même, quelle extraordinaire naïveté ! En même temps, je ne suis pas sûre d'être beaucoup plus maligne qu'elle, aujourd'hui.

De temps en temps, avec mon bout de crayon bien taillé, j'ai annoté le récit de la fille des seventies. Après le passage où elle se décrit dansant dans les rues, j'ai écrit dans la marge, puis entouré d'une flèche qui s'enfonce dans le mot « fleuve » : « Quelle fanfaronne… » L'appeler *elle*, *la* considérer à la troisième personne, est une ruse assez primitive – mais plutôt efficace pour ébaucher un cordon sanitaire entre nous deux. Pour lui signifier, sans méchanceté inutile, l'embarras que m'inspirent les flots de candeur déversés dans ce carnet. Elle semble vivre dans le présent immédiat, dopée par une confiance sans limite dans le présent, dans *son* présent à elle, auquel elle accorde une immense importance – rien ne l'atteint en profondeur de ce qui ne la concerne pas. Elle semble encore croire, comme les petits enfants, que la vie commence avec elle et se borne à ce qu'elle découvre et expérimente au jour le jour.

Cette réflexion si honnête, si révoltante : je n'éprouve rien qu'indifférence, ou peut-être jalousie pour cette Aricie et sa souffrance affreusement normale. Paradoxal, pour une activiste du mouvement des femmes, censée lutter contre ce qui fait de nous des rivales. Je voudrais pouvoir lui dire : Attends un peu de voir la suite, petite cruche… Mais elle hausserait les épaules, j'imagine, toute à son *hubris* amoureux.

Quelque part au-dessus de moi, dans un des immeubles voisins, des gens se disputent. Je lève la tête : aucune fenêtre n'est éclairée mais une seule grande ouverte, dont les rideaux s'agitent. Il fait froid. Je m'allonge sur le banc, pour offrir moins de prise au vent. De ce point de vue horizontal, les façades obscures dessinent trois rectangles gris sombre troués de plus petits rectangles noirs. Deux immeubles à gauche, un à droite au toit de zinc très haut, brisé en deux pentes abritant chacune une rangée de mansardes. Les cheminées et les antennes en râteau perforent la brouillasse mauve. Quelques minutes plus tard, la cage d'escalier de l'immeuble de droite s'éclaire. Je regarde le petit écran lumineux : deux heures. La dispute faiblit, une main ferme la fenêtre. J'écoute le silence qui revient. Les façades aussi écoutent, leur charme distrait me tient compagnie.

Le dos raidi par la dureté du banc, je pense à une chose que la jeune fille note dans son journal : le mouvement des femmes attire les hommes qu'elle fréquente. Antoine, Sam, d'autres sûrement qu'elle ne cite pas, ça les intrigue, ça les excite. Qu'est-ce qu'elles peuvent bien faire entre elles, dans ces réunions non mixtes, qu'est-ce qu'elles découvrent loin de nos oreilles et de nos avis ? Certains de ces hommes, je m'en souviens, nous reprochaient de ne pas chercher avec eux comment se débarrasser des stéréotypes machistes. Et nous, méfiantes, nous refusions avec véhémence. Ils n'avaient qu'à chercher ensemble, eux aussi, si ça les préoccupait tant que ça. Nous, on avait trop à faire. Pas le temps, on verrait plus tard. Quelques-uns avaient parlé de débattre entre eux de la mysogynie ambiante, mais je ne crois pas que ça ait dépassé le stade velléitaire. Sam en faisait-il partie ? Aucun souvenir de ça. J'essaie de ressusciter sa voix me parlant à la terrasse des *Deux-Saules*.

Rien. C'est perdu, évanoui. Aller écouter sur place, retrouver les voix en s'asseyant au même endroit, une table dehors, un cornet de frites ? Mais les *Deux-Saules*, une gargote au coin de la rue Saint-Denis et de la rue Rambuteau, ont disparu depuis belle lurette. Essayer, peut-être, de respirer à fond une assiette de frites fraîchement égouttées ?

Je me lève, pour échapper au vent autant qu'à mes inepties. Dans la cuisine, je m'arrête devant l'escalier qui descend à la cave. Certaines caisses, là en bas, ne contiennent pas de papiers. Dans l'une d'elles, par exemple, se trouve la chemise que m'avait donnée Samuel, la chemise du cap'taine Alfred son aïeul. La jeune fille du journal ne dit pas quel cadeau il lui fait, à elle la fille d'un homme qui ne voulait pas être juif, en lui donnant ce vêtement qui avait peut-être séjourné à l'île du Diable. Ce n'était pas le genre de choses qui venait à l'esprit, dans l'effervescence d'alors. Mais aussi bien elle devait le savoir puisque je l'ai toujours, cette chemise grossièrement reprisée au fil blanc, qui avait pris une couleur thé au lait par endroits la dernière fois que je l'ai touchée, il y a des années, soyeuse sous les doigts, avant de l'enfermer avec le pantalon de patchwork rebrodé de perles, le petit blouson d'épais satin noir et je ne sais plus quels fétiches de cette époque et d'autres.

Je piétine encore quelques secondes devant l'escalier de brique – et si, d'être ainsi oubliée, la chemise avait disparu, elle aussi ? – puis je m'éloigne, l'esprit toujours en émeute. Et un peu plus de vin n'y changerait rien : je n'ai pas sommeil – me coucher ne ferait qu'aggraver l'insomnie.

Alors, nuit blanche pour nuit blanche, je sors. Allonger le pas dans les rues désertes, dans le silence résonnant de deux heures trente du matin, c'est comme quand j'habitais derrière Beaubourg. Marcher la nuit dans Paris, mon corps à nouveau flottant, sans poids, dans la légèreté de la solitude. Sauf qu'alors c'était le Marais que j'arpentais jusqu'à l'aube, croisant d'autres rêveurs solitaires, misanthropes, maraudeurs nyctalopes traçant leur route dans les faisceaux jaunes des lampadaires. Et qu'au lieu des porches et des hôtels Renaissance, souvent encore noirs de crasse à cette époque-là, ce sont les plâtreuses et communardes façades de Belleville que je longe maintenant.

Je sens que Sam, le fantôme de Sam m'accompagne, même dans cette rue, en pleine nuit. Il ne me lâche pas, il est là derrière, à quelques pas. Il suffirait de presque rien pour qu'il surgisse au coin de la prochaine rue. J'essaye encore, sans succès, de me représenter son visage. Mais plus rien de précis, juste cette lueur vaguement dorée – et certaines inflexions de sa voix qui sont là, dans mon oreille.

En face de moi arrive, traînant les pieds, le clochard du garage de la place des Grandes-Rigoles. Cet homme je le connais, je l'ai déjà vu en plein jour. Rentre se coucher dans sa hutte de cartons, sur un matelas de mousse humide. Ou cherche à tromper l'insomnie, lui aussi. Ses yeux à lui sont gris, vraiment gris. De toute mon existence, je n'ai rencontré qu'une autre personne avec des yeux aussi gris que ceux-là. Qu'a-t-elle bien pu devenir, Hélène ? Quelques années après que nous étions devenues amies, une histoire s'était ébauchée entre moi et Priam, son mari. Mais je ne comprenais pas bien les règles du jeu. Hélène, m'avait expliqué Priam, attendait que je parle avec elle de cette nouveauté dans leur réseau amoureux et moi je ne le voulais pas, sans très bien savoir pourquoi. Sans doute ne me voyais-je pas faire partie d'une ruche, même avec elle pour reine. Dans ces conditions, s'était butée Hélène, je ne la verrai plus. Et puis Priam affirma le désir de plus en plus vif de me faire mal quand on couchait ensemble. Lui, cet homme si doux et si gentil, s'était mis en tête de me mordre et me pincer, un peu plus méchamment à chaque rencontre. Ça m'avait dégoûtée. J'avais arrêté de le voir.

Quelque temps plus tard, un ami commun m'appela au bureau. Priam s'était suicidé. Il s'était enfermé dans une voiture avec une bouteille de gaz et s'était fait sauter. J'appris peu après qu'Hélène se droguait, elle aussi, comme beaucoup. L'image de l'appartement rose et vert en avait pris une tonalité grinçante et fausse. Pourtant, quelquefois, j'imagine que je pourrais la rencontrer au coin d'une rue, dans le quartier de la place des Victoires où elle habitait alors, ce qui n'a guère de sens – qui n'a pas déménagé au moins trois ou quatre fois ou dix fois tant d'années plus tard ? –, et elle, Hélène, bien que vieillie, aurait encore exactement la même grâce qu'alors, la même peau diaphane, les mêmes yeux gris, la même voix de tête questionneuse.

J'ai lancé une recherche. Je ne devrais pas. Je ferais mieux de laisser les informations remonter du dedans, de ma banque de ressources interne. Ou de laisser cette pauvre histoire retomber dans les limbes. Mais je triche. Je ne suis pas fiable. Dans un moment de distraction je me surprends à googler Samuel Rothberg.

En moins d'une heure, j'en apprends davantage qu'il ne m'a jamais dit. Dans un article du *New Yorker* datant de 2007, il est présenté comme un écrivain ultra-secret, refusant la plupart du temps les interviews et se tenant à l'écart des milieux littéraires. Je comprends mieux l'enthousiasme de Paul quand monsieur l'écrivain secret a décidé de venir à son colloque. Par un entretien publié dans une revue jamaïcaine, j'apprends aussi qu'il a passé une partie de son enfance à Madagascar. Qu'il a un grand nombre de frères et sœurs, et deux fils vivant comme lui aux États-Unis. Qu'il a fait ses études à Sciences Po et un peu enseigné avant de quitter la France. Nous ne parlions pas, donc, de nos familles ni de nos enfances. Je suppose que ce qui nous liait, à supposer que cela ait vraiment existé, était complètement séparé du cours normal de nos vies, et même dans une certaine mesure de la mouvance dans laquelle nous nous sommes rencontrés, où pourtant l'intime et le politique étaient aussi indissociables que les deux faces d'une bande de Möbius.

Ce que je n'ai pas trouvé sur la grande toile, en revanche, c'est à quoi Rothberg ressemble aujourd'hui. Aucune trace de lui sur les réseaux. Une seule photo floue, sur un site canadien, le montre déambulant sous la neige dans une rue de Vancouver, engoncé dans un manteau épais, le visage partiellement caché par un chapeau. Seule la légende permet de l'identifier.

Ce chapeau, inopinément, m'envoie une vision de Mme Arnoux enlevant le sien, laissant ses cheveux gris se dérouler en cascade devant Frédéric, dans la scène où ils se revoient après une si longue séparation. Pour camoufler le choc que lui inflige cette affreuse découverte, les cheveux gris de la seule femme qu'il ait aimée, l'ex-amoureux transi se précipite à ses pieds, plonge la tête dans ses genoux, lui débite des flots de tendres paroles (ou est-ce plus tard, je ne sais plus, qu'elle dénoue sa longue chevelure, quand avant de le quitter elle lui demande des ciseaux pour lui en offrir une mèche ?). Et elle, la malheureuse – absurde garante de l'ordre moral, au nom de quoi elle a laissé sa vie s'écouler sans rien en saisir –, elle de s'extasier qu'il l'aime toujours d'un amour si délicat, si respectueux ! – tandis que Frédéric, partagé entre désir et répulsion, finit par lui tourner le dos. Adieu, jamais nous ne nous reverrons ! J'en frissonne de dégoût. Je me promets que rien d'aussi dégradant ne m'arrivera, à moi. Pourtant, si incongrue soit-elle, la comparaison me rappelle que, justement, je risque fort de m'exposer bientôt à une humiliation du même ordre, cheveux gris ou pas.

Autrement dit, j'ai tout juste le temps de prévenir Paul que je n'irai pas à son colloque.

Poussant une heure plus tard la porte du *Nuage*, c'est Balbir que je vois d'abord, près de la vitrine. Encore vêtu de sa chasuble jaune à bandes fluo, affalé dans un des fauteuils du café, celui aux géantes marguerites chocolat, il mâchonne un sandwich. Le tissu écossais de l'autre fauteuil, de plus en plus déchiqueté, exhibe des plaques de mousse roussie. Balbir a l'air abattu, ou peut-être est-il seulement fatigué après sa tournée matinale. Ses cheveux noirs luisent, plaqués sur son front par une casquette à visière transparente. Quand il me salue de deux doigts effleurant sa tempe, je lui souris en retour. Une discrète sympathie circule entre nous depuis le jour où – moi passant sur le boulevard, lui se balançant à bout de bras à l'arrière d'un camion-poubelle, lunettes réfléchissantes sur le nez et bougeant au rythme de ce qui passait dans ses écouteurs – nous nous sommes reconnus au même moment et salués de grands gestes joyeux.

Paul est là aussi. Sa longue silhouette courbée au-dessus du bar, il est absorbé dans la lecture du *Monde* de la veille. En face de lui, de l'autre côté du comptoir, Marcelle remplit d'eau des carafes en verre qu'elle repose sans douceur, les faisant claquer l'une après l'autre sur le vieux zinc mâchuré et bosselé. Comme d'habitude ses cheveux sont en broussaille, ses frêles épaules nues, comme d'habitude elle semble barricadée dans une invisible carapace. Ce qui ne la rend pas moins jolie, ma presque-fille. Je m'approche de Paul, mais au moment où j'ouvre la bouche il lève la tête, sa main s'envole au-dessus du comptoir et, du bout des ongles, effleure la joue translucide de Marcelle. Et elle, avec un regard aussi noir que la racine de ses mèches blondes, lui décoche d'une voix plate, sans presque remuer les lèvres :

— Si c'est pour baiser repasse plutôt ce soir, mon chou.

Assise à côté de Paul sur un tabouret haut en tubes d'acier, Qiao pouffe gaiement. Son corps trapu, moulé dans une robe bleu électrique sous un blouson de skaï noir, oscille sur le tabouret. Comme les autres habitués du *Nuage*, la Chinoise a depuis longtemps cessé de s'étonner des manières abruptes de Marcelle.

— Je voulais juste te toucher, se défend Paul au moment où j'entre dans son champ de vision.

— Salut chercheur, lui dis-je. Il faut que je te parle.

Mais à cet instant son téléphone sonne. D'un index tournoyant dans l'air il me fait signe qu'il revient, et de son pas élastique s'éloigne vers la porte. Paul me donne toujours l'impression de bondir comme un personnage de dessin animé – ne manquent que les bruits de ressorts, *chtoing chtoing,* pour parfaire l'illusion.

C'est Marcelle qui nous a présentés, Paul et moi. Me disant on a un drôle de nouveau client qui s'intéresse aux gens de ta génération, à votre histoire. C'est son territoire. Il est prof d'histoire contemporaine à Nanterre. Mais il y a autre chose, je crois.

Et c'était vrai. Quand il avait emménagé dans le quartier avec sa famille, un an plus tôt, Paul avait repéré le décor bricolé du café-restaurant, les suspensions scandinaves en lamelles de bois, le poêle à charbon, les tables et chaises dépareillées sur lesquelles traînaient des revues défraîchies. C'est presque trop beau, s'était-il dit. Il avait l'impression d'entrer dans un film de Tanner ou de Wenders, ou dans un café underground genre *Mother's Earth.* Et il y avait cette fille aux cheveux de paille sèche, au regard présent absent, qui tenait le bar. Un peu plus jeune que lui, peut-être, mais pas de beaucoup. Ayant appris que le *Nuage* fonctionnait en coopérative, il avait étudié les horaires de Marcelle pour venir quand elle était là. Il l'avait observée pendant qu'elle servait, répondait d'un haussement de sourcils à l'appel de son prénom démodé, calligraphiait l'ardoise du jour, éconduisait un amoureux de quelques rauques monosyllabes, tout cela à vive allure et en tee-shirt à petites manches bien qu'on fût encore en hiver. Le chercheur – Marcelle l'appelait comme ça et je m'y étais mise aussi –, le chercheur avait commencé à venir là régulièrement quand il ne faisait pas cours, pour répondre à ses mails ou corriger des copies. Et puis un jour, comme ils se trouvaient nez à nez alors qu'elle refermait la trappe du sous-sol, lui sortant des toilettes, elle lui avait demandé du ton le plus anodin s'il aimerait la raccompagner chez elle. C'est l'heure de ma pause, ajouta-t-elle, j'habite pas loin. Elle soufflait sur une mèche qui lui barrait l'œil. *I'm your man*, répondit Paul au quart de tour, un peu surpris mais pas tant que ça, et séduit par la franchise de l'offre.

Il m'a raconté tout cela par lambeaux décousus, un jour de désarroi. Il dit qu'il aime sa femme et son petit garçon. Qu'il ne comprend rien à ce qui se passe entre Marcelle et lui dans un studio au premier étage d'un immeuble de plâtre, mal éclairé par deux fenêtres sur cour. Ce jour-là il m'a parlé de l'étrangeté de Marcelle, de son ignorance ou de son mépris pour ce qui normalement lie et ligote les êtres sociaux – le bouillon, la soupe de mots, la glu de codes et de petits riens grâce auxquels on supporte non seulement ses ennemis mais surtout les innombrables dont l'existence vous indiffère. Il s'interrogeait sur l'incapacité de Marcelle à plaisanter, à flirter, sur sa ferveur presque féroce quand elle fait l'amour. Et pendant qu'il parlait l'ovale flou de son visage, grignoté par une courte barbe, était traversé de flux sensibles comme un paysage que remodèlent sans cesse le vent et les nuages d'un ciel changeant. Paul est bavard, anxieux, généreux, il digresse comme il respire. Avec lui, les discussions sont intenses et pleines de bifurcations passionnées, que ce soit sur les années embrouillées de ma jeunesse ou celles non moins embrouillées de maintenant, ou sur le rapport entre les deux époques. Et, ce qui est rare et appréciable, je ne sens jamais peser la différence de nos âges dans sa façon de s'adresser à moi. Il ne semble pas se forcer pour me traiter sans égards particuliers, ni démagogie ni prudence perceptible – ce qui est fort reposant. Et puis Paul est drôle. Il rit souvent de lui-même et fait partie d'un groupe de rock chamanique – sans savoir ce qu'est le rock chamanique, je trouve que ce détail en dit long.

De Paul, Marcelle m'a juste dit il y a quelques mois je l'aime bien, il me fait rire. Comment elle se débrouille avec les intermittences du cœur, je ne peux que l'imaginer. Avec plus de légèreté, plus d'assurance que moi à son âge, ça ne fait pas de doute. Mais on n'en parle pas. J'ai été sa seconde mère pendant trop d'années pour que se raconter nos vies amoureuses soit facile.

Des sons dépourvus de sens me parviennent, et je comprends avec un léger retard que Marcelle me dit quelque chose – la nuit blanche prend sa revanche. Je détache les yeux de l'affiche qui annonçait, il y a soixante ans, un Festival du Film maudit – une grosse éclaboussure noire sur quoi se découpe un de ces profils mièvres et stéréotypés dont Cocteau avait le secret.

— Nadine est passée, répète Marcelle.

Depuis longtemps, elle a cessé d'appeler sa mère Daphné. Daphné Delmar avait été une actrice dans les années 70 et 80, avant même la naissance de Marcelle. Encore avant c'était une jeune fille du nom de Nadine Roger, qui avait choisi ce pseudonyme, Daphné Delmar, quand elle avait commencé à prendre des cours d'art dramatique et à tourner dans des pubs. Et Daphné l'actrice, Marcelle l'a à peine connue. Si elle s'en souvient, elle n'en parle jamais. Depuis plus longtemps encore, elle refuse de l'appeler maman. Marcelle avait sept ans quand, après la première arrestation de Daphné pour transport de drogue, elle est venue habiter chez moi. Et y est restée, finalement, sa mère passant plus de temps en prison ou en clinique de désintoxication que dehors. Antoine passait nous voir quand ça lui chantait. Il s'efforçait de traiter Marcelle comme sa fille, bien que Daphné ait toujours dit ou prétendu qu'elle ignorait qui était le père, mais l'année suivante il était parti travailler à Los Angeles. Marcelle était rieuse, révoltée, bonne élève. Elle posait sur nous tous, les adultes patraques et bancals qui l'entouraient, un regard sans méchanceté qui me faisait un peu honte. Assez inatteignable, déjà.

Elle avait vingt-sept ans quand Daphné a tiré sur Antoine. Durant les quatre années où sa mère est restée internée à l'hôpital psychiatrique de Villejuif, Marcelle ne lui a pas rendu visite une seule fois. C'est à ce moment-là qu'elle s'est mise à l'appeler par son vrai prénom, Nadine. Et, de toute façon, à l'appeler le moins possible. Non qu'elle se soit rapprochée d'Antoine : pendant tous ces mois où il était resté immobilisé, récupérant lentement entre deux opérations, elle n'était allée le voir qu'une fois ou deux. De l'agression aussi elle refuse de parler, mais je comprends qu'elle les associe et les repousse tous les deux dans ce passé de ténèbres, dont elle ne veut plus rien savoir.

— Elle est venue de bonne heure ce matin, poursuit cependant Marcelle. Rémy était seul, elle lui a juste dit qu'elle était ma mère et elle est repartie. Moi en tout cas, précise-t-elle en tranchant l'air d'une main catégorique, je ne veux pas la voir.

— Et c'est tout ce qu'il a dit, Rémy ?

— Oui, et qu'elle n'avait pas l'air d'aller bien. Mais ça –

Un livreur tapote la porte vitrée avec son trousseau de clés. Marcelle s'ébroue comme si elle s'arrachait à une ombre tapie dans son dos, et sort pour l'aider à décharger ses caisses de légumes.

La salle commence à se remplir. Le volume sonore enfle. Une demi-douzaine de tables sont maintenant occupées par des gens assis devant leur ordinateur ou bavardant. De la cuisine où Rémy contrôle la bande-son, s'élève la voix de Tom Waits – *Well I hope that I don't fall in love with you* – feutrant l'air de sa râpeuse mélancolie – *and I wonder should I offer you a chair* –

— Bon – c'est Qiao qui lorgne l'horloge derrière le bar – quelle heure il est maintenant ?

Sans doute, puisqu'elle saute de son tabouret, rajuste son collant d'une main, défripe sa robe de l'autre, sans doute l'heure de regagner son coin de trottoir entre la grille vert céladon du métro et la vitrine rouge du *Président*, pour y stationner sur fond de canards laqués crochetés par le cou. Qiao est une belle de jour, comme un client, un vieux affligé d'une grosse verrue sur le menton, le lui a dit une fois. Pour l'emploi de vendeuse qu'on lui avait promis dans son Wenzhou natal on l'avait finalement jugée trop vieille, quand on l'avait vue débarquer. Mais pour faire des passes à des fauchés d'Afrique ou du Bangladesh ça ira très bien, l'avaient rassurée les Chu, qui lui avaient avancé l'argent pour le voyage. Et de fait ça va, à vingt euros la pipe quarante l'amour elle espère avoir d'ici un an, un an et demi, remboursé sa dette à la bienveillante famille Chu.

Tandis que Marcelle et le livreur entrent et sortent, transportant des cageots de la camionnette à la cuisine où Rémy les range dans les chambres froides, Paul, ayant fini de téléphoner, rentre dans le *Nuage*. Sur son trajet, il heurte le fauteuil écossais qui flageole sur le carrelage.

— Pardon, dit-il, nous englobant, le fauteuil et moi, dans une excuse commune.

Stéphanie, qui organise avec lui le colloque sur 68, s'inquiète d'une possible défection de certains intervenants qu'elle n'arrive plus à joindre.

— Elle a peur que Cohn-Bendit ne vienne pas. Je

dois dire que j'étais surpris qu'il accepte. Je ne serais pas tellement étonné qu'il nous fasse faux bond.

— Justement, dis-je en pressant le bras de Paul. Finalement moi non plus, je ne vais pas venir.

Un train de rides ondule sur son grand front.

— Mais enfin –

Je serre plus fort le mince avant-bras, souriant avec un petit hochement de tête branlant, hésitant, confus.

— Je t'ai expliqué, je n'aime pas les anniversaires. Et puis les colloques, c'est vraiment pas mon truc.

— Tu t'en rends compte seulement maintenant ? s'étonne Paul.

Je soupire.

— Allez… Une de plus ou de moins à une table ronde, quelle importance ?

Sortant du *Nuage*, je me dirige vers le boulevard. Soulagée. Mais pas plus fière que ça. Maintenant que la perspective de revoir Sam Rothberg s'éloigne, je trouve lâche de m'être esquivée. D'avoir cédé à Cunégonde, à la peur du ridicule, d'un trop-plein d'émotion. N'y avait-il pas une manière plus légère, plus astucieuse, de régler cette affaire, d'en rire ? Pourquoi aurait-ce été pénible, d'ailleurs ? Et si l'affronter, ce foutu colloque, avait été au contraire la meilleure façon de tordre le cou à toutes ces chimères qui me tournent autour depuis hier ?

Trop agitée pour rentrer travailler, je décide d'aller voir Daphné. Jamais, à ma connaissance, elle n'avait mis les pieds au *Nuage* depuis que Marcelle y travaille. Si elle y est passée ce matin, c'est que quelque chose d'inhabituel s'est produit. Peut-être aussi – et ça au moins, c'est plutôt drôle – ma confusion mentale cherche-t-elle refuge auprès d'une autre perturbée. C'est comme regagner un vieux terrier saturé d'odeurs confinées, se couler dans la morose délectation que nous trouvions chacune à son tour, dans les années creuses, à rechercher dans l'autre une compagne de misère. Peut-être auprès de Daphné-la-déglingue me sentirai-je moins faible, moins minable.

Qiao n'est pas à sa place habituelle, devant les canards laqués luisants comme des caramels géants : elle a sans doute emmené un client dans la chambre qu'elle loue à la famille Chu, en cohabitation avec une serveuse qui travaille dans un de leurs restaurants. Les Chu sont aussi très compétents pour rentabiliser leur parc immobilier.

À Jaurès, dans les couloirs de correspondance, réapparition de Mme Arnoux. Est-ce si sûr qu'elle se laisse duper par les paroles de Frédéric, dans cette scène où ils se retrouvent pour la dernière fois ? Et même si son créateur n'a jamais dépeint que des femmes malheureuses, impuissantes et frustrées, une lectrice, un lecteur moins mélancolique ne peut-il décider qu'au contraire Marie – comme l'amoureux éperdu osait parfois l'appeler quand ils se promenaient dans les rues de Paris –, que Marie décrypte parfaitement le geste dissimulateur de celui qu'elle adore toujours, mais qu'elle s'en moque ? Qu'arrivée à ce point de sa vie, la prudence et le souci de bienséance n'ont plus barre sur elle ? Qu'enfin elle se permet d'être elle-même, elle décide d'être elle-même ? Et que lorsqu'ils sont enlacés, l'instant d'après, elle devine, elle sent ce qui se passe chez Frédéric, ce combat entre le désir qui resurgit et la crainte d'être dégoûté par son corps de femme mûre – mais décidément elle s'en moque ; elle est elle-même, elle n'a plus honte, l'amour-propre n'est pas son moteur (ne l'a peut-être jamais été). Ou bien, ce qui revient au même, son amour-propre est si serein qu'il ne retient rien de ce qui l'avilirait.

Je descends à Ourcq, passe sans la regarder devant la fresque qui prétend que *La mujer bonita es la que lucha,* en grandes plaques multicolores supposées évoquer l'Amérique latine, puis je longe la rue des Ardennes jusqu'à l'immeuble où vit Daphné. Je le dépasse et pousse un peu la lourde grille métallique qui fait semblant d'être fermée. Juste assez pour me glisser dans l'entrebâillement. De l'autre côté, entre l'arrière de l'immeuble et la voie ferrée, en surplomb à cet endroit, de la petite ceinture désaffectée, une friche épaisse a poussé. Une tranchée de vert presque phosphorescent dans le minéral urbain, où l'on n'avance qu'en levant haut les pieds pour écraser les ronces. Progression lente, zigzagante, pas à pas me méfiant d'un trou camouflé sous la broussaille, d'une gifle d'acacia ou de buddléia, longeant les terrasses encombrées de plantes desséchées, canapés flapis et vélos crevés – dernière station avant la pourriture, avant que quelqu'un, dans un sursaut d'énergie, décide d'aller les jeter à la décharge. Arrivée à la dernière terrasse, j'enjambe le muret de ciment, toque à la baie vitrée et y colle mon nez pour regarder à l'intérieur, les mains en œillères. Retoque plus fort. Glisse la main derrière l'étagère de plastique farineux. Pas de clé. Je repars dans la friche.

Le talus qui monte à la voie ferrée est escarpé, couvert d'une épaisse herbe grasse sur laquelle mes semelles dérapent. J'attrape à pleine main une poignée d'orties dans mon effort pour contourner un douteux petit tas de kleenex. Je marche sur les pans de mon écharpe. Transpirante, léchant ma paume brûlante boursouflée de cloques pâles, je prends finalement pied sur le ballast et me mets en marche vers le sud, retrouvant l'éternel dilemme de la marche sur voie ferrée : poser un pied sur chaque traverse, ce qui vous inflige la démarche entravée d'une geisha en kimono, ou en sauter une sur deux et défiler au pas de l'oie ?

Une centaine de mètres plus loin, je me résigne à marcher sur la caillasse et à m'y tordre les chevilles. De temps en temps, par réflexe, je regarde derrière moi ou je m'arrête pour tendre l'oreille, comme si un train pouvait encore surgir dans mon dos. Mais tout ce que j'entends, c'est le bruit assourdi de la circulation en contrebas et des voix invisibles qui surgissent de nulle part, peut-être proches mais trop faibles pour être compréhensibles. Des voix jeunes un peu moqueuses, des rires commentant mon passage. Une pie s'envole qui me fait lever les yeux au ciel. Au creux d'un grand arbre, trois ou quatre adolescents s'entassent sur une plate-forme grossière. Ils fument en m'observant, jambes pendantes ou en tailleur sur les planches bancales. Quand je les regarde ils s'arrêtent de parler, me dévisagent froidement sans esquisser le moindre signe ou salut. Je les dérange. Je leur rappelle qu'ils ne sont pas les seuls survivants au milieu d'une ville désertée.

Longeant des entrepôts, des bureaux aux fenêtres grillagées, façades taguées et graffées sur deux étages, j'arrive à l'endroit où la voie ferrée franchit la rue Petit. Et c'est là, comme je me délecte encore une fois de survoler voitures et piétons sans que personne parmi eux soupçonne mon passage dans les airs, c'est là qu'une évidence, stimulée par l'altitude sans doute, m'immobilise au beau milieu de la passerelle : plutôt que de la fuir, cette histoire surgie du passé, je vais faire demi-tour et me la coltiner, lui faire cracher, sans ménagements, ce qu'elle a dans le ventre. Un instant la volte-face m'étourdit, le ballast crisse sous mes semelles. Peut-on vraiment se faire ça à soi-même ? Eh bien – on dirait que oui. Plutôt que d'hésiter entre la geisha et le soldat, je vais chercher mon rythme à moi pour enquêter sur cette fleur bleue des seventies. Rechercher comme un *cold case*, depuis aujourd'hui, ce qu'elle fabriquait avec ce Sam Rothberg, ce qu'ils fabriquaient, lui et tous ceux qu'elle aimait ou pas, ces gens avec qui elle s'était battue, avec qui elle croyait être ensemble. Comment c'était, cette force d'être ensemble, la ferveur, la joie que ça nous donnait, où tout cela a-t-il bien pu passer ?

Et de cette enquête, je ferai un scénario.

Je m'accoude à la balustrade : aucun des passants ne songe à lever les yeux, bien que je sois assez près d'eux pour déceler d'éventuelles pellicules sur le col de leurs manteaux. Ce qui est stupéfiant, finalement, autant que cet insoupçonnable voyage aérien, c'est de ne pas y avoir pensé plus tôt. En quelques secondes se mettent en place les mises au point et changements de focale qui résultent de ce renversement : lire le carnet rouge décanté, faire bon accueil aux souvenirs envahisseurs, les noter, observer les secousses, les chamboulements qu'ils produisent en moi, tout cela, soudain, prend la lumière différemment. La gêne qui englue, la crainte d'être encore rattrapée par la pitoyable Cunégonde font place au projet plutôt joyeux de raconter une épiphanie. Assister au colloque organisé par Paul et ses collègues n'est plus une affaire d'envie ou d'ennui, mais un projet documentaire. J'y retrouverai de vieux acteurs de l'époque, des gens que je ne vois plus jamais, j'y entendrai des analyses et des récits qui réactiveront ma mémoire.

Et quant à Sam Rothberg, je laisserai le hasard – non, je laisserai Sam lui-même décider ou non d'une rencontre : je n'irai à Nanterre que l'après-midi puisque son intervention, réintroduite à la dernière minute, a été casée en fin de matinée. Mais si lui, de son côté, lit le programme du colloque, il verra mon nom parmi les invités d'une table ronde à quinze heures.

Mon ingéniosité, dans sa primitive simplicité, me paraît très admirable.

Plus loin, à l'entrée du tunnel qui s'enfonce sous terre pour ressortir en tranchée dans les Buttes-Chaumont, je tombe sur un campement qui n'était pas là à mon dernier passage. Trois petites tentes encerclées par un épandage de ballots, boîtes de conserve vides et pleines, vêtements recroquevillés de crasse et d'humidité, chaussures naufragées. Je m'arrête, tendant l'oreille encore une fois. Les tentes semblent vides, aucun bruit n'en sort. Seule une parodie de lessive, trois chaussettes et un caleçon séchant contre la paroi noire et concave, signale que des gens vivent là, dorment là. Les improvisations d'un saxophone, me parvenant faiblement depuis l'autre bout du tunnel, viennent tourner avec moi autour du bivouac et la sinueuse mélodie me guide, m'encourage à plonger dans l'obscurité, à marcher en aveugle vers l'arche claire de la sortie.

Et là, quand je débouche du tunnel en clignant des yeux, je la trouve. Assise sur les talons au pied du coteau ensoleillé, frange grise en rideau, filtrant le regard qui luit sous la visière d'une casquette en velours. Les bras noués autour des genoux, Daphné se balance d'avant en arrière, marmonnant une mélopée en basse continue qui discorde avec la ligne claire du saxo – toujours invisible, le saxo, vaguant quelque part dans le taillis qui surplombe la tranchée. Le crissement des graviers lui fait lever la tête. Une lueur flambe dans ses yeux, aussitôt éteinte par un battement des paupières lourdes. Sans interrompre ce bruit sourd que produit sa gorge, sans manifester la moindre surprise, elle me regarde approcher par-dessus ses lunettes rafistolées au chatterton, calées bas sur une bosse de son nez de boxeuse – un nez qui fut droit et fin avant d'être cassé et recassé. Je m'accroupis à un mètre d'elle, roule en boule mon imperméable pour le glisser entre talons et fesses, et on reste là, côte à côte sous la pluie de notes cuivrées qui enfle, s'éloigne, expire et revient nous éclabousser par rafales, immobiles, les yeux fixés sur le bois rongé des traverses et le frémissement des pavots qui poussent entre les cailloux et les rails tachés de rouille, elle bourdonnant toujours – moi attendant un suspens, un break, pour commencer à parler. Cela dure longtemps, sans que j'arrive à savoir si Daphné cherche à dialoguer avec le saxo ou à ne pas l'entendre.

— C'est Marcelle qui t'envoie, marmonne-t-elle finalement, pas sur le ton d'une question mais plutôt comme un récitatif, qui serait la conclusion ou un commentaire de ses grommellements.

Le saxo s'est tu. Au-dessus de nous, un froissement de broussailles s'éloigne.

— Non. Mais elle m'a dit que tu étais passée au *Nuage*.

Daphné se lève d'un mouvement brusque et pivote, en équilibre instable. Ses genoux, à la hauteur de mes yeux, tremblent un peu avant de se déplier tout à fait. Elle se tient voûtée, le cou enfoncé dans les épaules, les mains dans les poches arrière de son pantalon bordeaux aux ourlets sales, et paraît, sous la canadienne déteinte, beaucoup plus maigre que la dernière fois qu'on s'est vues, il y a six ou sept semaines. Menton projeté en avant, elle me sourit à bouche fermée, puis ce sourire se tord en rictus de défiance. Ses yeux noirs me toisent, brillants et désolés. Je vois la nuque fléchir, trop faible pour continuer à supporter cette tête, cette posture bravache.

— Elle n'a jamais pu comprendre ça, qu'il a foutu ma vie en l'air.

Elle parle bas, d'une voix morne, fixant ses vieilles baskets. Ressassant les griefs que j'ai entendus des centaines de fois. Daphné Delmar avait été l'héroïne de *L'Amour au cinéma*, le deuxième long-métrage d'Antoine, qui les avait fait connaître tous les deux. Elle était douée, ravissante, lui plein de courage et d'insolence. On les invitait partout. C'était une époque où, dans certaines nuits parisiennes, la drogue circulait aussi profusément que le champagne. Je croisais dans les mêmes eaux et j'y rencontrai Ralph, si mal armé pour le monde de marchands où il travaillait, pour la vie en général, et pourtant parfois si joyeux et un si tendre amant. Antoine avait goûté un peu de tout, mais sa seule vraie passion, faire des films, le protégeait. Daphné, elle, s'y était perdue. Sans réfléchir, par paresse et pour éviter les bagarres, il ne fit rien pour freiner sa consommation, au contraire. Il s'esquivait de plus en plus souvent. Pour compenser, il lui achetait toute la drogue qu'elle voulait. Il décrochait le téléphone, disait à son dealer qu'il attendait Hélène ou Corinne à deux heures ou trois heures, et peu après on livrait chez eux deux ou trois grammes d'héroïne ou de cocaïne. Plus Daphné se droguait, plus Antoine s'éloignait. En 81, elle eut une fille, Marcelle, qu'il reconnut sans savoir s'il en était le père. Elle joua encore dans quelques films, puis plus personne ne voulut se risquer à lui confier un rôle. Elle disparut dans un autre monde, cotonneux comme une cellule capitonnée et violent comme un ring de boxe. Tandis qu'Antoine, invité par une *major*, partait faire des films à Los Angeles, je suis devenue la principale famille de Marcelle. Elle avait huit ans. Ralph venait de mourir au Brésil, son corps épuisé par la drogue n'avait pas résisté à une septicémie foudroyante.

Daphné fit un certain nombre de séjours en prison, en sortant désintoxiquée pour s'y remettre aussitôt. Obsédée par Antoine, elle l'accusait de l'avoir utilisée puis laissée choir. Son addiction, sa vie de malfaiteuse minable, tout cela résultait de cet abandon et de cette trahison originelle – c'est du moins ce dont l'accusaient les lettres menaçantes, suppliantes, insultantes qu'elle lui envoya des années durant. Ces lettres s'étaient espacées, puis arrêtées. Au début des années 2000, Antoine, persuadé que son ex-compagne l'avait oublié, fasciné par cette trajectoire d'étoile filante, avait eu la mauvaise idée de s'en inspirer pour réaliser *Je suis une guerre civile*.

Aux policiers à qui elle s'était rendue après avoir tiré sur lui, elle avait déclaré qu'Antoine Lange était un prédateur, un rapace, qu'il l'avait détruite puis réduite à un sujet de film et qu'elle l'avait abattu en état de légitime défense, pour se libérer de son emprise.

— Ça fait onze ans, rauque Daphné. Pas touché une seringue depuis cinq ans. Je travaille, enfin quand je peux.

Les yeux noirs étincellent. Elle fait trois pas sur le ballast, s'arrête. Repart, tout son corps vibrant d'un effort difficile à regarder.

— Elle ne t'en veut pas seulement pour Antoine, dis-je.

— Elle t'en parle ?

— Non, bien sûr que non. Tu sais bien qu'elle ne parle de rien.

Marcelle ne veut rien savoir des efforts de Daphné pour mener une vie plus rangée. Depuis l'agression contre Antoine, elle fait comme si elle n'avait pas de mère. Quant à lui, il avait tâché distraitement, à ses moments perdus, de se montrer affectueux avec cette enfant qui était peut-être la sienne, mais il n'avait guère de temps à lui consacrer. Quand elle devint une jolie adolescente farouche, il l'emmenait de temps à autre dîner dans un restaurant chic, à une première ou à un festival. Après l'attentat ce lien-là aussi, en fil de bâti très lâche, s'était défait.

Les jambes de Daphné flageolent, comme si leurs os se pulvérisaient. Elle vacille. Je me lève. Elle me repousse, pose les mains sur ses cuisses maigres et se tient ainsi un moment, penchée en avant, respirant bruyamment. Sa tête pend comme un fruit trop lourd.

— Tu es malade ?

Sans répondre, elle se redresse.

— Il faut que je rentre, dit-elle.

Traînant les semelles, elle se met en marche vers le tunnel et, avec un timide ricanement, s'enfonce dans l'obscurité.

Tout près de là, quelques marches enfouies dans les herbes mènent à un sentier escarpé débouchant dans les Buttes-Chaumont. Mais les arbres immenses, les prés verdoyants pour contes de fées, les ânes résignés promenant des enfants satisfaits – rien de tout cela, qui donne le sentiment d'une nature factice, non, rien de tout cela ne me distrait de ce qui m'attend.

Ce qui m'attend, je me le rappelle de plus en plus précisément. Depuis hier des images me reviennent en rafale, aux moments les moins prévisibles. Par exemple je revois très nettement l'intérieur de la voiture où nous avions embarqué, Guy, Samuel, moi et un quatrième personnage, une Américaine nommée Frances qui nous accompagnait pour des raisons que j'ai oubliées. En février 1971, une pincée de dollars était arrivée des États-Unis, envoyée par mon père pour démarrer la série de livres sur les révoltes européennes. De quoi partir à Reggio Calabria, où se jouait depuis l'été précédent une obscure et meurtrière insurrection dont on ne savait pas trop si elle était contrôlée par les néo-fascistes, si c'était une querelle de clochers ou une ébauche de Commune à la calabraise. Le gouvernement italien semblait décidé à employer les grands moyens, l'armée avait investi la ville et le soulèvement vivait peut-être ses derniers jours. En même temps qu'un livre, on envisageait un reportage pour le journal *Tout !* Et Sam s'était procuré cette voiture, un break Peugeot écarlate, à la place de sa 4L qui n'aurait pas tenu la route. Je me souviens d'un radiocassette sur lequel nous écoutions en boucle Serge Reggiani. Ce que j'avais oublié et que me restitue l'écriture hâtive, assez bâclée à cet endroit-là, du carnet rouge, c'est que nous avions quitté Paris le jour d'un gigantesque sit-in sur le boulevard Saint-Michel.

Vendredi 19/2/71. Pas facile de partir – tous les lycées sont en grève après l'arrestation de Guiot et surtout ce qui est arrivé à Richard Deshayes il y a dix jours, un œil défoncé par un tir de grenade à bout portant, l'autre presque aveugle – mais on s'est décidés quand même pour aujourd'hui. À trois heures, le Boul' Mich grouillait de lycéens assis sur la chaussée et on n'arrivait pas à décoller. À un moment des gens sont entrés dans un magasin de fringues, en disant on libère la marchandise. J'étais là, j'ai suivi le mouvement. Il n'y avait qu'à vider les étagères et se passer la camelote à la chaîne, comme la nuit on se passe des pavés. Devant les vendeuses estomaquées et le propriétaire qui nous regardait la bouche ouverte, la figure rose vif puis rouge vinasse. En un clin d'œil les piles de pulls ont été redistribuées dans la manif. Je tassais un col roulé chaussette orange dans mon sac quand j'ai vu le regard de Sam. Ça n'avait pas l'air de tellement l'amuser. Avec une tête de père distant, il disait : Allez on y va, on a de la route à faire. Pourtant ça tombait bien, un col roulé pour traverser les Alpes.

Je suis à l'arrière du break avec Frances. Devant, Sam conduit et Guy parle. Mais souvent je me penche vers eux, les bras en croix sur les dossiers de leurs sièges, et on délire, on est ivres sans boire ni fumer quoi que ce soit. Vous avez vu le pompiste ? crie Guy. Sa voix de tête est plus aiguë que le moteur, mais au-dessus de cent la voiture vibre comme un bimoteur à hélices, on est obligés de hurler. Il prétend que le garagiste qui nous a fait le plein, tout à l'heure vers Aoste, était nu dans sa combinaison à fermeture Éclair et lui lançait des regards. Par ce froid il a la santé le gars, si c'est vrai. Alors pourquoi tu ne lui as pas proposé un *pompino* ? se moque Sam, qui a des notions d'italien. T'as raison, on y retourne ? Pour le calmer je dis que j'ai vu une affiche du MSI dans la vitrine de la station-service. Même ça, ça les fait rire. On saute du coq à l'âne, ça part dans tous les sens. On jacte à n'en plus finir des phrases qui s'envolent, genre débraillé, dans l'air glacé. Sauf Frances qui boude. Ça va trop vite pour elle. Les mots lui échappent, elle ne les retrouve plus : ils se vengent des tortures qu'elle leur inflige. Elle demande qu'on lui explique ce qui nous fait rire à propos du pompiste et comme personne ne lui répond vraiment ça la met de mauvaise humeur. Ses yeux ronds et doux, embués de trouble vague, restent fixés sur les nuques de Guy et de Sam.

Hier, quand on est partis, c'était elle qui parlait non-stop. Je regardais son visage toujours trop près du mien, ses traits gros, sa peau épaisse pendant qu'elle caquetait, sa fille, ses céréales, son amant, sa danse – caricature d'Américaine optimiste. Elle déroulait au-dessus de nos têtes son babil infatigable, elle en faisait des lassos pour nous capturer, et c'était attendrissant et exaspérant, ces inflexions puériles sortant d'un corps aussi massif. Une masse qui n'a pas l'air faite de chair tendre ni de graisse humaine, mais d'une matière plus dense et plus compacte, pesante, ruminante, comme celle des grands mammifères marins.

On s'est arrêtés pour dormir à Lyon. Il n'y avait que deux lits. Un où Sam et moi on s'embrassait comme des affamés. Il a si bon goût. Et si bonne odeur. Dans l'autre, le plus grand, Frances d'un côté et Guy réfugié en chien de fusil, épouvanté, à l'extrême bord opposé.

Il arrive aussi qu'on se mette à parler de choses sérieuses. Dans le tunnel sous le mont Blanc, Guy, qui conduisait, prétendait qu'on est des esthètes, que les masses on les aime tant qu'on les croit porteuses du feu de la révolution, sinon on est bien les héritiers de notre classe, on se prend pour l'avant-garde et on n'aime que ce qu'on trouve beau. D'ailleurs, il nous faisait remarquer, si on était en Chine les Gardes rouges nous enverraient tous autant qu'on est en rééducation.

Puis on est sortis du tunnel et un peu plus loin on s'est arrêtés dans cette station-service pour acheter de l'essence et des provisions.

Bon alors qu'est-ce qu'on fait ?

On s'arrête ici ?

Guy nous montre un champ qui étincelle en contrebas de la route. La neige est dans cet état craquant quand elle commence à fondre sous le soleil.

Tu es fou Guyyy ! crie Frances. On va être gélés !

Sam gare la voiture et on sort pique-niquer dans la neige. Avec Guy on se lance dans la dernière scène de *Tirez sur le pianiste*, on s'écroule morts dans la neige en noir et blanc, on roule sur nous-mêmes jusqu'en bas de la pente. Puis on remonte en se tapant dessus pour se sécher. Guy est fou de Sam, je crois. Sam a froid et cache sa fatigue. Mais il est comme nous quand même, ivre et heureux, en pleine lumière aveuglante. Je n'ai pas, sans doute, la moitié de son courage.

Turin. Une communauté de Lotta continua nous héberge dans leur appartement aussi bordélique, aussi sale qu'Arcueil. Il y a des filles qui s'assoient sur les genoux des hommes en me regardant droit dans les yeux et qui disent « *Ma che cazzo, la liberazione delle donne* ». Elles voudraient me choquer, j'imagine. Quelles connes. À deux heures, avant de partir, on les accompagne à la sortie de la Fiat. Les militants de Lotta continua ne sont guère moins raides dans leur tête que ceux de la Prochine française. Mais quand ils chantent *La Violenza* et la ballade pour Pinelli, le cheminot anarchiste défenestré par la police de Milan, ils vous mettent les larmes aux yeux.

Depuis Milan on a roulé à travers la campagne blanche, d'une traite jusqu'à Rome. Sauf un arrêt pour l'essence – dans les toilettes je me regarde dans la glace sale et je me vois belle, soudain je resplendis. Quant à Frances, elle a décidément le don de nous exaspérer. Son indignation quand on refuse de répéter une blague, ses bons mollets de danseuse, son aplomb de personne indépendante et pratique sur qui les sarcasmes glissent comme une pluie d'orage sur la cuirasse d'un rhinocéros, tout ça en fait un bouc émissaire idéal. Vers le milieu de la nuit on s'endort par terre, dans la salle d'attente prêtée par un ami médecin. Au matin Frances craque. Elle décide de nous quitter là, on est trop méchants avec elle. Sans réagir on la regarde remplir son sac en marmonnant des mantras psychologiques sur la *crouauté manntal*. Quelques instants de malaise après son départ, c'est plutôt un soulagement qu'elle soit partie.

Naples. Froid encore dans la loge d'un palazzo croulant, au plafond si haut que des chauves-souris pourraient y faire leur nid. Tous les trois dans l'unique grand lit où Guy se plaint de nous entendre, Sam et moi. Il dit qu'on est obsédés. Pour ne pas l'énerver davantage on essaie de ne pas faire de bruit mais on finit par l'oublier, au bout d'un moment. Et ce matin, en sortant, on est tombés sur les étalages d'un marché aux puces, sur les trottoirs d'une petite place. Sam s'est arrêté devant une paire de chaussures en cuir blanc, à lacets, genre Gatsby.

Vas-y, achète-les, suggère ce satan de Guy.

Et moi je fais le serpent : Ben oui, on s'en fout de l'argent, de toute façon on mange que des pâtes.

L'un comme l'autre, on espère sans doute le faire chuter. Mais Sam nous tourne le dos, à nous et aux chaussures, en secouant la tête. C'est son côté vertueux. Incorruptible. Et maintenant nous sommes assis à une terrasse de café, sous des arcades. J'écris ces lignes dans mon carnet pendant que

Sam dessine une sorte de rébus au dos d'une carte postale destinée à Aricie : des traits ondulés qui représentent la mer, j'imagine, une autre chose qui, vue à l'envers, est incompréhensible, et un œil, un grand œil cerné de cils épais. Je pense : l'œil vert d'Aricie qui nous regarde divaguer le long de la Méditerranée.

On dirait que maintenant Guy est aussi un peu amoureux de moi. En platonique. Je le lui dis, il rit. Il me prend le carnet et y dessine ça :

On continue à rire mais je sens que Sam a la tête ailleurs. Peut-être que le départ de Frances, qui nous unissait contre elle, ne nous portera pas chance.

Avant d'arriver à Reggio, on fait halte dans la montagne chez un *compagno*, un grand brun très beau qui nous prépare un dîner sur le poêle à bois, dans sa cuisine où on n'y voit goutte. J'ai trop d'imagination. Je devine les gens rien qu'à les croiser dans la rue ou dans le métro. Si je le disais on me prendrait pour une prétentieuse mais c'est vrai. Ce garçon par exemple, Fabrizio, avant qu'il ait ouvert la bouche je savais qu'il était tendre, généreux, quelqu'un qui serait bon à aimer.

Le lendemain, il nous accompagne jusqu'à Sbarre, le quartier chaud de la révolte. Pour y entrer on franchit un pont obstrué par les restes d'une barricade de la nuit dernière. Camions renversés, pneus grésillants, fumées noires puantes. En sortant de la voiture, on goûte l'air salé et poisseux de la mer. On ne la voit pas, la mer, mais on l'entend dans les rafales de vent humide qui font vibrer les vitres et freinent la marche des passants comme une grosse main invisible. On la sent aussi dans la réverbération violente qui transforme ce dédale de rues un peu vides, comme pétrifié par la violence, en jeu de miroirs. Aux carrefours, des tanks et des militaires casqués, arme au poing. Et comme Fabrizio a un accent montagnard différent de celui d'ici, à un moment on frôle une *tarantella* comme il appelle ça, autrement dit une belle embrouille : les gens énervés qui nous entourent nous prennent pour des espions de Catanzaro, la ville rivale de Reggio.

Vient le soir, et aucun endroit où dormir. Tous les hôtels du centre-ville sont pleins de journalistes venus couvrir l'émeute. Sam semble un peu las, et loin. Crépuscule, on avance dans la pénombre – tous les lampadaires sont aveugles ou borgnes, canardés à la fronde par les enfants du quartier, à ce qu'on nous dit. Guy bourdonne comme une abeille sur le chemin du dépôt de locomotives, dont Fabrizio connaît le gardien. Mais le dépôt est fermé depuis que, pour la troisième fois, les insurgés y ont mis le feu. On devine des carcasses noircies, dont une complètement carbonisée et tordue par les flammes. Et la mer grise à travers les vitres sales, qui se font face, des bureaux. Le vieux gardien, un ancien marin tout chenu et courbé, nous propose, du moins c'est ce qu'on devine, l'abri de sa cabane de pêche sur la plage, un peu plus loin à la sortie de la ville. En face, de l'autre côté de l'eau, c'est Messine. On se dispute un peu sur Charybde et Scylla, puis on se dégage une place au milieu des filets rapiécés et vieux débris de moteur, sur le plancher de bois très doux, poli par le sable. Comme je me serre contre lui, Sam me dit, en riant de son rire secret, que je l'épuise. Allez – je secoue sa grande carcasse –, un beau grand mec comme toi. Oui c'est vrai, j'ai peu d'égards pour sa fatigue. Je crois que faire l'amour est notre meilleure médecine. Je crois que je peux soigner tous ses maux. La cabane est en planches, mais si exiguë qu'on se tient chaud, tous les trois, et on s'endort comme des masses dans l'air tiède qui sent le mazout.

Vers l'aube, l'envie de pisser me réveille et je sors sur la plage, les laissant tous les deux endormis derrière moi. Je reste longtemps accroupie sur le sable mouillé, bras autour des genoux, frissonnant de l'air froid qui passe entre mes jambes. Je ne l'entends pas approcher. Je sens du sable humide couler sur mes talons, puis sa peau tiède contre ma peau fraîche. On reste d'abord immobiles, presque immobiles dans le chuchotement des vagues qui ne cessent de s'esquiver, la ligne rose qui s'écartèle entre la mer et le ciel, le lent pâlissement des étoiles. Rien n'existe de plus vrai que ça. Du coin de l'œil je vois sa tête en broussaille mais pas ses yeux. Le soleil rouge sort de la mer, je lutte contre le plaisir qui me tue doucement, puis cesse de lutter quand il chuchote, son souffle tiède dans mon oreille : C'est le commencement du monde.

Après on s'allonge au soleil qui chauffe déjà. Sam la tête appuyée contre la coque d'une barque renversée, peinte en bleu et vert écaillés par plaques, moi allongée sur le ventre. En gros plan, les minuscules débris de coquillages collés sur mon avant-bras sont de mille nuances pâles. Du coin de l'œil, à travers une mèche pendante, je me nourris de couleurs : fouillis cuivré des cheveux, peau mate tachée de roux, un peu sanguine, iris roux-vert assourdis de questions. Depuis mon ventre plaqué sur le sable je sens monter une vague presque aussi intenable que tout à l'heure.

On a continué à dormir dans la cabane. Les journées se passent en discussions hasardeuses et rocailleuses, en rencontres avec des gens beaucoup moins bavards que ceux de Turin et Milan. Plus fiers, plus sombres, plus désespérés sauf peut-être les très jeunes, des gamins à peine adolescents qui sont nombreux sur les barricades de poubelles et de camions renversés et qui ricanent et s'amusent de notre curiosité. Guy prétend que les fascistes de l'Ordine nuovo tiennent le centre-ville mais pas les quartiers populaires comme Sbarre. Qu'est-ce qu'il en sait ? Les insurgés se méfient de nous, et nous on ne comprend pas leur dialecte. La misère est noire, beaucoup parlent de chômage, d'émigrer au Nord qu'ils détestent. Mais sur la mafia locale ou la 'Ndrangheta, les fusils et les bombes incendiaires, ils ne disent rien. C'est quand ils chantent dans la nuit froide qu'on se comprend le mieux. De toute façon on sent que c'est la fin, les tanks et les brigades spéciales sont partout. Tout ça nous rejette petit à petit hors du monde et hors du temps. L'intérêt du projet politique ou journalistique qui nous a menés jusque-là s'estompe de plus en plus. Nous sommes plongés dans un rêve à trois qu'aucun heurt ne vient interrompre, bien que ce rêve prenne forcément pour chacun de nous une forme différente, si on peut appeler ça une forme. Nous parlons de moins en moins.

Le dernier soir, hier, on ramasse une petite montagne de bois sec et on allume un grand feu sur la plage. Dans les étincelles crépitantes, les mèches rousses de mon ami sont des flammes qui lèchent son crâne. Et soudain, alors que nous écoutons Guy se moquer de son amour sans espoir pour Michel, Sam se met à parler.

J'ai jamais eu beaucoup de chance avec les femmes, dit sa voix lente et basse, émergeant à tâtons des brumes dont il s'entoure normalement.

Cette voix qui me fait toujours l'effet d'être un champ de bataille, bataille de la raison, de l'esprit de sérieux comme disent les maoïstes, contre une sensualité touche-à-tout, contre la force du désir qui me bouleverse quand on s'embrasse. Puis il nous déballe une longue série de déceptions, de ruptures, où j'entends que nombreuses sont les femmes qui l'ont aimé puis en ont bavé pour renoncer à lui, pour le quitter, quand elles comprenaient qu'il était du genre à ne partager que des moments imprévisibles et incertains. On peut dire que dans la période actuelle, où tout le monde couche avec tout le monde, c'est plutôt banal. Et dans ce tourbillon permanent, est-ce sa faute à lui (ça il ne le dit pas, c'est moi qui me le demande) s'il laisse des victimes sur le carreau ?

Tout en parlant, Sam jette dans le feu des débris de planches pourries, comme si chacune de ces planches était une de ses aventures ratées qu'il sacrifiait au feu. Le plus fort, c'est qu'il semble sincèrement convaincu que ces échecs successifs prouvent son incapacité à se faire aimer des femmes.

Mon pauvre chéri, se moque Guy, on est si malheureux.

Le sarcasme fait sourire Sam. Je mets mon grain de sel sur sa plaie : Oui alors vraiment, qu'est-ce que t'as pas de chance.

Que font-elles de moi, ces soudaines confidences ? une bonne camarade de baise ? un genre d'apprentie Merteuil – comme ces libertines qui plaisent tant à mon père ? Mais je ne veux pas être une Merteuil, moi, c'est pas du tout mon truc, Merteuil. J'arrive quand même à rire avec eux. C'est une des règles du pacte de non-possession. Savoir encaisser. Ne pas oublier de se moquer de soi-même, quoi qu'il arrive. Rester lucide. Comme je l'étais peut-être encore jusqu'à ce petit matin sur la plage, jusqu'à cette aube du monde qu'on a fait naître, Samuel et moi. Je pense à Aricie, qu'il retrouvera bientôt à Asnières. À l'œil vert qui nous surveille jusqu'ici, jusqu'à cette plage déserte. Pour la première fois depuis des jours et des jours, je pense à Antoine. J'ai un peu l'impression de me dédoubler. Là, maintenant, je comprends que de Sam, toujours sur la réserve, je ne sais presque rien. Que je suis peut-être en train d'inventer quelqu'un qui n'existe pas. Et si c'est vrai, et si je découvrais soudain qui est vraiment

Sam Rothberg, si une drogue existait qui me donne accès à ses pensées intimes, à ses peurs et ses désirs les plus secrets, est-ce que je l'aimerais encore ? Au milieu de la nuit le vent secoue la porte de la cabane mais ce qui me réveille, c'est que je pleure.

On est rentrés presque d'une traite. Eux deux se relayant au volant et moi qui ne conduis pas derrière. Leur petite sœur. Deux mille kilomètres en deux jours, en s'arrêtant quelques heures dans les stations-service. Et pendant deux mille kilomètres, par-dessus le rugissant moteur : « Les loups ouououh ! ouououh ! les loups sont entrés dans Paris », unique cassette qu'on repasse en boucle – et nos voix doublant la voix rauque de Reggiani : « il suffirait de presque rien, peut-être dix années de moins, pour que je te dise je t'aaaaime... »

— Non mais « 68, le récit impossible » – t'y crois toi à cette histoire ?

— Ça fait un peu rescapés d'une secte mais jamais vraiment tirés d'affaire, tu vois le style ?

J'ai dormi – pas beaucoup plus que la nuit dernière, mais d'un sommeil d'enfant. Profond, sans rêves. Ou allongée sur cette plage de Calabre, peut-être. Quand je me suis réveillée, à l'aube, je bouillonnais d'une énergie toute neuve. En buvant du thé, j'ai feuilleté les vieux numéros du quinzomadaire *Tout !* remontés de la cave avec le carnet. Je ne les ai pas tous, mais je possède plusieurs exemplaires du numéro 12, spécial « Libre disposition de notre corps », paru en avril 71 et qui, après son interdiction pour outrage aux bonnes mœurs, avait atteint des chiffres de vente remarquables.

En tournant, les pages desséchées produisaient un souffle léger, frémissant de friables craquements. Et plus je tournais, plus j'étais contaminée par la liberté, la joyeuse énergie de la maquette du journal. Les couleurs psychédéliques qui se fondaient les unes dans les autres, les cadavres exquis de photos et les bandes dessinées. Cette fantaisie, je la retrouvais dans le vernis qui s'écaille sur mes ongles de pied depuis quoi, une bonne semaine maintenant ? – vert moucheté d'or, dessinant sur mes orteils de fascinantes cartes miniatures, chaque jour différentes. Ça, c'était quand j'avais les jambes croisées sur la table de la cuisine, un journal ouvert devant moi. Mais plus souvent je me levais pour mieux voir, en plongée, un collage ou un fondu-enchaîné de couleurs spécialement réussi. Je me suis finalement obligée à lire le reportage sur Reggio de Calabre, reconnaissant l'écriture ronde de Guy dans une carte à main levée des barricades et de la répartition des forces dans la ville. Et quant à *Boia chi molla !* – honte à ceux qui mollissent, qui débandent –, je ne vois que lui, Hocq, pour avoir choisi ce slogan viriliste comme titre de l'article. Comme je n'ai aucun souvenir d'avoir participé à ces deux pages du numéro 10, cela signifie sans doute qu'au moment de leur rédaction Sam et moi ne nous parlions déjà plus. Qu'ils avaient, sans s'embarrasser de mon accord, écrit à deux ce compte rendu de notre passage à Reggio, plutôt honnête d'ailleurs et sans trop de surenchère verbale, à part l'inévitable conclusion bravache : « Ça va durer longtemps, très longtemps, ça n'a plus aucune raison de s'arrêter. » Terminer sur un plus réaliste : « On est arrivés juste à temps pour voir les derniers feux de la révolte » était impensable, aurait sonné comme une trahison.

À neuf heures ce matin, j'ai appelé Paul. Je lui ai sans préambule annoncé que j'avais encore changé d'avis pour la table ronde, et il a acquiescé avec sa générosité habituelle, m'épargnant tout commentaire sarcastique. Juste par curiosité, j'aimerais bien voir un jour Paul s'énerver, devenir mauvais. Il est d'un naturel plutôt angoissé, mais s'abstient d'en fatiguer les autres. Qu'est-ce qu'il en fait, de son inquiétude ? Il était déjà avec les techniciens chargés de régler les lumières et d'installer des micros. On t'attend, conclut-il avant de raccrocher.

— De toute façon à quoi ça sert maintenant, 68 ? dit la petite au visage pâle et figé.

— Bah... à valider une UE, tiens.

Elles sont trois, attendant un mètre devant moi dans le couloir qui mène aux toilettes. La brune à grosses lunettes qui vient de parler, celle avec l'expression écarquillée d'une poupée et la troisième – la troisième est une immense fille qui sourit rêveusement en survolant du regard les crânes alentour. La file d'attente progresse en sinuant, par à-coups. Et j'aperçois Paul dans la file des hommes, poussé par une de ces ondulations tout près des trois étudiantes qui rient.

— Y en a bientôt un autre, de colloque... « Ce que mai 68 a fait à la littérature », dit la brune.

Sa langue a claqué sur le mot *colloque*.

— Mais t'es maso ou...

La poupée étudiante s'arrête net. Elle vient de repérer Paul, qui s'efforce de les contourner avec un rictus contraint.

— Désolée, glousse la brune, on vous avait pas vu…

Une inscription taguée en demi-cercle sur le mur derrière elle, « Liberté, fille de joie », entoure sa tête d'une auréole – qu'elle ne mérite pas, me dis-je méchamment.

— Mais de quoi, désolée ? dit Paul. C'est un bon endroit pour parler, le couloir des chiottes…

— En tout cas bravo monsieur Buzon, il y a beaucoup de monde, souffle doucement la géante, qui continue à planer au-dessus de tout ça.

Je lève le bras. Paul me voit, sourit, je joue des coudes pour lui demander comment s'est passée la matinée mais il est déjà loin – côté hommes, ça avance tellement plus vite que de notre côté à nous, les pisseuses… Celles que j'ai dépassées pour le rejoindre me fusillent du regard. Je fais signe que je retourne à ma place. Et, poussée par une sotte impulsion, en passant à côté des trois étudiantes je lâche à voix haute :

— Et un colloque sur le thème « Ce que 68 a fait à l'amour », ce serait plus intéressant, non ?

Elles se tournent vers moi, interloquées. Trois bonnes secondes plus tard, la géante me répond de sa voix rêveuse que peut-être, oui, ça pourrait être intéressant. Les deux autres échangent des regards. Mon dieu en voilà encore une qui vire dingo.

Beaucoup de monde, c'est vrai, dans la grande salle

au plafond de verre d'où tombe une lumière glauque. Beaucoup à boire, aussi – je n'aurais pas imaginé qu'un pot concluant un colloque universitaire soit si copieusement alcoolisé. Couronnés par tout un nuancier de gris, de teintures et de calvities, des cercles s'échauffent en piétinant sur place, rompus ici et là par une silhouette déliée, une pâleur, un geste expéditif, une parole moqueuse. Cohn-Bendit n'est pas venu, en fin de compte. Son absence est diversement commentée.

— Pauvre gars, enrage un petit homme maigre qui me dit vaguement quelque chose, un ancien 22 Mars sans doute. Se renier à ce point, ça fait mal.

— Y a que les imbéciles qui changent pas d'avis, profère une voix aux accents faubouriens.

Castro. Roland. Vêtu d'un costume en velours à rayures, du genre qui tapisse les fauteuils de style. Il chaloupe d'un pied sur l'autre, épaules ramassées. Son nez et ses lèvres ont pris du volume tandis que le reste a rapetissé. Sourire de bateleur, le même à peu près – vieille naïveté travaillée qui dit ne me tapez pas dessus les gars, je n'y crois pas vraiment moi-même. C'est ça qui l'emporte dans le personnage, à mon avis. J'ai autant de mal à le prendre au sérieux comme supporter du président de notre *start-up nation*, que j'en avais quand il était chef de VLR. Mais les anars du 22 ne l'entendent pas de cette oreille.

— Il est prêt à tout, Dany, pour qu'on continue à parler de lui.

— Encore un quart d'heure, monsieur le bourreau, ricane quelqu'un.

— Alors Roland, elle est bonne la soupe ?

— Le paradoxe de Cohn-Bendit, s'interpose Pierre, c'est qu'on l'a toujours traité en icône d'un mouvement qui voulait bien des porte-parole, mais pas de chefs.

J'aime Pierre. Je l'aime parce qu'il est bienveillant, tendre, et qu'il n'a jamais renoncé à l'élégance. Une certaine élégance joueuse, moqueuse – cheveux blancs et silhouette svelte. Et ce n'est pas une affaire de classe. Antoine aussi avait ça, ce charme de dandy nonchalant. Mais là il se trompe, Pierre. Des chefs, il y en avait. Des dirigeants, des leaders. Ils ne donnaient pas d'ordres, bien sûr. Rien d'aussi grossier. Mais ils parlaient mieux, ils étaient plus sûrs d'eux. Ils avaient des idées avant les autres ou savaient capter celles d'autres qui avaient la parole moins facile. Et pas une seule fille parmi eux. Pas étonnant que le mouvement des femmes ait explosé si fort dans ces parages-là.

Je remplis un gobelet de plastique blanc et froid du rouge aigrelet que dispense un tonnelet – en plastique lui aussi mais d'un marron indéfinissable, entre vieux chêne et autre chose – et je pars à la recherche d'autres visages connus. Les conversations s'embrouillent et s'élèvent en volutes jusqu'à la verrière, où elles s'agglutinent en rumeur nébuleuse. Des étudiants se baladent dans ce potlatch avec des mines d'observateurs polis ou vaguement narquois. Je pioche un gâteau dans une assiette qu'on me tend, lui trouve un goût d'herbes amères, continuant de circuler à la lisière des discussions. Déçue de n'entendre que verbiages insignifiants, combats de vieux coqs aux voix éraillées, blagues sans sel.

Dans un groupe qui commente le débat du matin sur le cinéma, celui auquel je n'ai pas participé, une jeune fille demande à un homme aux longs cheveux gris, épais et frisés, quel film de Lange il préfère. On dirait assez Philippe Garrel, mais ce coin de la salle étant mal éclairé, je ne vois que cette crinière en laine d'acier, en forme de hutte écrasée ou de botte de foin, et un regard qui clignote derrière des lunettes de guingois. Tête baissée, il semble réfléchir longuement. Je m'apprête à m'éloigner quand – Bah finalement je vais me contredire, se prononce-t-il. Peut-être son avant-dernier.

— *Je suis une guerre civile* ?

— Ouais, c'est ça. Cette femme qui dégénère en monstre par chagrin et solitude et tout ça… oui, c'est tellement vrai tout ça, c'est tellement ça.

Quelques-uns ont aimé le film. Les autres la trouvent affreuse, cette demi-vieille éteinte qui le soir venu se transforme en souple terreur vêtue de cuir noir, armée d'un nunchaku, et s'en va dans les Buttes-Chaumont épouvanter les vieillards prenant le frais sur des bancs. On assure que Lange n'a rien inventé, qu'il s'est contenté de transposer au cinéma la vraie vie de Daphné Delmar. Ou au contraire on prétend que tout ce qui se passe après que l'héroïne a cessé d'être une junkie est pure invention racoleuse. En tout cas on peut comprendre qu'elle l'ait mal pris, Daphné Delmar, quand le film est sorti. Bon, au point de lui tirer dessus, c'est peut-être quand même… et d'ailleurs qu'est-elle devenue, l'inspiratrice de cette histoire cauchemardesque ?

Personne ne le sait.

Alors une voix quelconque – une voix sans qualités, ni homme ni femme, ni vieille ni jeune, ni triste ni gaie – suggère que si ça se trouve elle est morte, Daphné Delmar, à l'heure qu'il est.

— Sûrement pas. Elle a la peau dure, Daphné.

Je n'ai pas besoin de tourner la tête pour reconnaître le ton péremptoire et le timbre inimitable, perché dans les suraigus, de Régine Guinard. En me penchant, j'aperçois des stilettos noires, des jambes musclées aux chevilles fines, gainées de noir… Curieux. Surprenant que Régine suive les tribulations de Daphné d'assez près pour en parler avec cette assurance. Surtout depuis qu'elle est devenue députée dans une ville de la banlieue sud – ce qui doit tout de même pas mal l'absorber.

Nous avions été amies, Régine et moi, mais assez vite elle m'avait rayée de sa liste. Entre nous rôdait depuis le début une rivalité latente – mais sans doute, plutôt que d'une véritable amitié, s'agissait-il d'une alliance de circonstance, née de l'imbrication du mouvement des femmes et de la mouvance politique où nous nous étions rencontrées. Un an ou deux plus tard, je l'avais, de son point de vue, trahie. Et par la suite, des années durant, la flamboyante Régine m'avait poursuivie de sa vindicte. Un jour que je faisais la queue devant un cinéma avec l'un de nos amis communs, elle s'était mise, depuis l'autre trottoir où elle venait de nous apercevoir, à crier assez fort pour que toute la file se retourne : « Tu as de mauvaises fréquentations, Denis ! » En riant, nous nous étions étonnés de ce que sa voix fluette soit capable d'enfler jusqu'à un tel volume sonore. Je n'ai jamais su si elle avait enterré la hache de guerre. Mais je ne le crois pas, pas vraiment. Régine doit plutôt être du genre qui ne pardonne jamais.

Au centre d'un autre groupe, une femme au grand nez tranchant assure que depuis les années 70, dans les manifs, elle reste toujours sur le trottoir.

— Ça m'a guéri à jamais de l'Oumma gauchiste, renchérit son vis-à-vis. Le dégoût que ça peut m'inspirer maintenant, cette masse informe qui chante et crie comme un seul corps, et ces slogans imbéciles hurlés dans un porte-voix, ces…

— Pas moi, l'interrompt une voix étouffée. Je me souviens au contraire que pendant quelques semaines, nous – oui, pendant quelques semaines on pouvait dire « nous » sans mentir – nous étions assez fous pour être tous frères et sœurs, ajoute-t-il si bas que je me demande si ce sont bien ces mots de chanson sentimentale qu'il a le culot de prononcer.

Et pendant qu'il dit cela j'ai la sensation, peut-être illusoire, que son regard s'arrête sur moi. C'est un homme assez grand, terne, presque chauve, en blouson kaki et petites lunettes ovales. Sans âge. Derrière les lunettes ovales, à y mieux regarder, ses yeux sont d'un bleu-gris aérien.

— Alors ce côté idiot du village qui m'en est resté, ajoute-t-il en s'éloignant, je n'en ai pas honte. Au contraire, je le soigne.

Après son départ, il y a quelques sourires non dupes, quelques hochements de tête qui semblent se méfier les uns des autres. Tics de gens qui ont appris à se sentir indésirables, à brûler ce qu'ils avaient adoré ou du moins à devenir les marranes de leurs vieilles naïvetés. Qui trouvent suspect qu'on puisse s'en tirer autrement, dans l'enfantement convulsif de ce nouveau millénaire. J'ai envie de le suivre, cet homme, de lui parler, de serrer sa main. Lui se rappelle qu'il y eut un moment anormal où des gens, des quidams pas particulièrement extraordinaires, se parlaient et se voulaient du bien, et que cela les rendait plus beaux. Plus justes, plus forts. Mais ce n'est pas le genre d'homme qu'on aborde facilement, et de toute façon il a disparu. Il s'est évanoui, laissant flotter derrière lui une traîne de souriante tristesse.

— En parlant de ça, dit quelqu'un, c'était bien que Samuel Rothberg lise ce passage de *L'Amphithéâtre des morts*.

Je tourne la tête pour voir qui parle.

— Oui, c'était bien. Mais je l'ai trouvé trop tendre avec Hocquenghem. Il était devenu si grinçant, Hocq, si amer…

— Au fait il est parti, Rothberg ?

— Je ne sais pas – sans doute, si, je l'ai vu il n'y a pas longtemps, là-bas près de la sortie…

On m'effleure l'épaule. C'est Suzanne. À sa gauche Annie sourit. À sa droite Régine, faisant valser ses boucles blondes, parle dans son téléphone.

J'avais commencé par dire non merci non il faut que je rentre, suivant du regard les silhouettes qui se dispersaient lentement vers le parking ou le métro, et disparaissaient dans le brouillard froid tombé avec la nuit. Une odeur de fumée, de goudron mouillé flottait dans ce brouillard, comme remontant à la surface du temps depuis le bidonville de La Folie, immense village de planches et de boue qui jouxtait l'université jusqu'au début des années 70. Mais Régine insistait, sa voix aiguë déraillait un peu, les deux autres me regardaient en souriant et je me suis laissé envelopper dans la petite onde de chaleur, d'innocence, qui nous faisait, à ce moment-là, palpiter ensemble.

On s'est casées à quatre dans la petite voiture basse de Régine, une Mini quelque chose rouge et noir. La députée conduit avec désinvolture, trois doigts en coulisse sur le volant qu'elle manœuvre de la paume droite, sa chevelure blond argent scintillant à la lumière des phares et des vitrines quand elle tourne la tête vers Annie assise à côté d'elle, ou nous regarde dans le rétroviseur, Suzanne et moi. Elle habite toujours boulevard Saint-Germain, dans l'appartement qui était déjà celui de ses parents, à l'époque où nous étions amies. Rien dans l'immeuble ne semble avoir été remplacé depuis tout ce temps – tapis lie-de-vin étouffant les pas, faux marbre beige veiné de vert, ascenseur vitré qui s'élève par à-coups, grinçant et cliquetant comme une douairière corsetée. Et dans l'appartement immense et sombre où elle nous fait entrer, Régine s'est apparemment contentée d'ajouter de nouvelles strates au décor de son enfance. Aux murs, les visages guindés de marchands ou de banquiers louis-philippards cohabitent maintenant avec des toiles sans châssis et des photos de commissariats américains. Je vais chercher des glaçons, annonce-t-elle. Et elle s'éloigne en faisant claquer ses talons sur le parquet, nous laissant admirer son élégante silhouette curviligne, sanglée dans un tailleur noir. Je me souviens d'un long couloir desservant la cuisine, après une série de chambres aussi chichement meublées que les pièces de réception débordaient de meubles, bibelots et lustres. Nous étions un jour entrées dans l'une de ces chambres où Jérôme, l'amant de Régine, dormait à même le matelas nu d'un petit lit de fer.

Je me demande si elle fume toujours – en principe ça ne me fait même plus envie, mais là j'en grillerais bien une. Pendant que je cherche du regard un paquet de cigarettes, Annie et Suzanne s'approchent d'un tableau. C'est, au pastel, le portrait d'une fillette blonde tenant sur ses genoux une bête de conte fantastique, à long bec jaune et pieds griffus. Régine enfant ? Était-il là à l'époque ? Aucun souvenir.

En nous servant à boire, notre amie la députée précise, de sa petite voix blasée, que son mari est en voyage d'affaires. Un peu mystérieusement, je suis contente de me retrouver là, dans cet appartement poussiéreux malgré le luxe. Si éloignées que nous soyons depuis tout ce temps, une immédiate connivence se rétablit entre nous quatre, comme entre de vraies sœurs. Sans doute ces quelques années ont-elles été si puissantes qu'elles nous ont liées à vie, aussi sûrement qu'une enfance partagée. Même si chacune est ensuite plus ou moins retournée à ce que sa vie d'avant lui promettait.

Régine répond distraitement aux questions sur les petits enfants dont les photos sont exposées sur le piano, puis, se tournant vers Annie : Mais alors, s'étonne-t-elle, il y a longtemps que tu n'as pas exposé ?

— C'est difficile, élude Annie.

Depuis un an elle travaille à une nouvelle série, les Reprises. Ç'avait été le métier de sa mère, repriser, réparer, ravauder. Et même remmailler les bas au début, quand ça se faisait encore. Annie repart de là, de son enfance. Elle collecte des tissus et des habits où elle peut, dans les greniers et les caves, les choisissant pour la qualité de leurs raccommodages et rapiéçages. Certains sont déjà des œuvres finies, il ne faut rien y toucher. D'autres, elle les assemble en tentures souples et en abris qu'elle n'a pas la place d'exposer dans son atelier. Dans sa façon de parler, dense et lente, on entend la complexité, l'épaisseur de ces couches de tissus cousues ensemble, de ces vêtements aux vies rafistolées.

Elle nous montre des photos sur son téléphone. Même en si petit, on sent la folie, l'humour qu'elle libère dans ces formes molles, grotesques et tendres à la fois.

— Je voudrais qu'en voyant ça, dit-elle, des femmes comme ma mère puissent croire à l'art.

— C'est dingue, l'interrompt Régine. Avec le talent que tu as, tu devrais être *lancée*, depuis le temps ?

Elle dit ça sur un ton ennuyé, en croisant haut les jambes. De la gorge d'Annie jaillit un rire étranglé. Son large visage se ferme, un air d'hostilité noircit son regard. C'est bien de Régine, cette désinvolture. Ce côté femme « dont le papa a eu de la chance ». Régine a toujours été une conquérante plus qu'une victime, apprenant la mécanique moto à l'époque où d'autres se réunissaient pour partager leurs difficultés à croire en elles-mêmes. Sans doute a-t-elle oublié qu'Annie a travaillé des dizaines d'années comme caissière, puis cheffe de rayon dans un supermarché de Saint-Denis, à côté de chez elle.

— Bah, dit Annie, je ne dois pas être assez maligne. Et puis dans le monde de l'art, c'est sûr qu'il vaut mieux avoir des rentes…

La chevelure platine ondoie. Régine bat des paupières. La bouche entrouverte, elle semble chercher une réplique bien sentie et ne pas la trouver aussi vite qu'elle le voudrait. Rompant le malaise qui s'installe, Suzanne me demande si je le vois toujours, cet homme avec une barbe rousse et qui parle beaucoup.

— Jean-Luc ? Il n'a plus de barbe. Oui, on se voit de temps en temps. Mais c'est fatigant, justement, de devoir toujours l'écouter parler. Tout le monde n'a pas un lecteur amoureux, ma vieille.

Le lecteur amoureux est le nouvel amant de Suzanne. Elle n'a pas raconté grand-chose à son sujet, en dehors de leur rencontre – deux ans plus tôt il l'avait abordée à un moment où elle était seule dans sa librairie, ils avaient commencé par parler de Chalamov et cinq heures plus tard ils en étaient à un projet de librairie itinérante. Mais on apprend pas mal de choses sur le lecteur amoureux en regardant Suzanne, qui depuis lors resplendit. Les acrobaties comptables pour maintenir la boutique à flot, les disputes avec sa fille et le dégoût de devoir congédier son jeune assistant quand elle-même en a été réduite à se payer un demi-salaire, rien de tout cela ne semble plus l'affecter. Il y a un instant, elle nous a dit qu'elle aime les petits déjeuners parce que c'est le moment où tout commence.

Et moi, ayant par facilité sacrifié Jean-Luc sur l'autel de la conversation, je m'en veux de cette trahison. J'aurais au moins pu dire un mot de ses talents d'accessoiriste ou de son sourire bancal, fronçant toute sa figure, qui est éblouissant. Bizarrement, alors qu'il est si soucieux de sa personne, Jean-Luc ne semble pas avoir conscience de ce pouvoir singulier, et je me garde bien de le lui révéler. Mais le cacher aux autres, n'est-ce pas injuste, mesquin ?

On boit encore quelques verres, puis on se transporte dans la cuisine. Tout cet alcool donne faim. Et aussi, cette soirée plonge des racines si profondes dans le passé que l'épuisement nous guette. L'une derrière l'autre, à peine zigzagantes, nous nous enfonçons dans le long couloir courbe ponctué de portes fermées, aussi lugubre que dans mon souvenir. Régine fait des spaghettis pendant que Suzanne, assise au bout de la grande table, se lance dans un long discours assez pâteux. Les hommes qu'elle a aimés, eh bien jamais elle ne cesse vraiment de les aimer. Tout d'un coup elle repense à l'un ou à l'autre, ça se réactive tout seul. Comme les cellules dormantes d'une société secrète.

— Si je veux être honnête, précise-t-elle en voyant l'air méfiant de Régine, pour moi les amours ne s'annulent pas en se succédant. Elles auraient plutôt tendance à s'ajouter, à se superposer – un peu comme tes tissus reprisés, Annie. Ça ne vous arrive pas, à vous ?

Régine lève les yeux au ciel, sans cesser de s'affairer au-dessus d'un narguilé précieux, en cristal taillé et argent guilloché, qui lui vient, dit-elle, d'un grand-père diplomate. Elle tasse dans le fourneau un mélange qu'elle prélève dans une boîte en fer, couverte d'inscriptions à demi effacées – et écrites dans un alphabet que je ne connais pas.

Je hoche la tête.

— On pourrait représenter ça comme une folle chevelure bouclée. Si épaisse que personne n'arriverait à la peigner. Ou alors comme un feutre épais dont les fibres auraient fini par cuire ensemble, sans qu'on s'en rende compte.

— C'est ça, enchaîne Annie. Ou un entrelacs de rhizomes, un réseau de correspondances souterraines entre tous ces gens, à leur insu. Par le simple fait qu'il y a eu de l'amour entre eux et moi.

— Et puisque chacun tisse des liens avec d'autres, brode Suzanne, de proche en proche ça finit par donner une étoffe amoureuse extraordinairement complexe, une hypertoile d'un autre genre – un jour, dit-elle, j'ai essayé de dessiner la carte de toutes ces interconnexions, juste pour les gens que je connais, eh bien en deux dimensions c'est absolument impossible à faire.

— Quelles foutaises ! Vous êtes complètement soûles, toutes les trois.

Régine s'interrompt pour tirer un grand coup sur le narguilé. Puis expire à fond et ajoute en zézayant que le désir ça naît ça meurt, Suzanne, et quand c'est mort tu peux toujours courir pour le ranimer. Tassée sur sa chaise et paupières mi-closes, le tuyau du narguilé à la main, on dirait la dédaigneuse chenille d'*Alice*, lovée sur son champignon. Puis elle pousse le narguilé vers sa gauche, où se trouve Annie.

— Au fait qu'est-ce qu'il devient, ton *mari* ? demande

rudement celle-ci, en grasseyant le dernier mot comme si c'était de l'argot.

Régine ne relève pas. Elle rit comme tout le monde, inutilement fort, pour donner une tournure humoristique à la pique d'Annie. Puis répond d'un ton calme et froid qu'ils ont chacun leur vie, Rocco et elle.

Je vais m'asseoir sur un tabouret à côté de la poubelle, pour peler une pomme directement au-dessus. Bien sûr qu'elle a raison, Suzanne, on en a tous de ces histoires d'amour en suspens qui flottent dans une zone indécise, couvant le petit feu de leur désir inassouvi – et qui resurgissent parfois sans crier gare, à la faveur d'une rencontre imprévue, d'une maladie, d'un rêve. Histoires interdites, si difficiles à vivre qu'on fait comme si elles étaient mortes.

Une délicieuse odeur se répand dans la cuisine tandis que le narguilé glougloute de plaisir autour de la table, passant de main en main. À chaque tour la gaieté augmente et on se met à parler toutes en même temps dans cette cacophonie enfumée, chacune suivant son obsession, attrapant au vol un mot de l'autre pour le tordre dans son sens.

— C'est la première fois que je me sens aimée aussi pleinement, dit Suzanne. Je n'ai jamais... eh bien, jamais je n'ai eu autant d'orgasmes. Vous me trouvez crue, vulgaire ? Tu me trouves vulgaire, constate-t-elle en se tournant vers Régine.

— Mais non, se défend Régine.

— Mais si. Tu es choquée à cause de l'âge. De l'âge

qu'on a. Si j'étais une femme de trente ans qui parle de ses orgasmes, tu adorerais !

Dans l'air de la cuisine, encombré par la fumée du narguilé et la véhémence de nos discours, circule l'idée que si le temps, en règle générale, massacre le désir, l'âge ne le fait pas forcément disparaître. L'âge peut même engendrer des découvertes inattendues, de ce côté-là. Nos corps imparfaits, nos visages marqués connaissent cette vérité provocante, interdite. Les découvertes que l'on fait lorsque, avec ou sans un homme, la pénétration n'est plus nécessairement le *climax* de la jouissance.

— On emmerde la dictature jeuniste ! dis-je avec une fougue de néophyte.

— Je ne vois pas pourquoi vieillesse devrait rimer avec tristesse, s'indigne Annie.

Annie, ses rapetassages la rendent heureuse. Et pour le reste elle a la virtuosité de ses doigts d'artiste, nous annonce-t-elle sans fausse pudeur.

— Moi ça ne me dérangerait pas, dit Suzanne, qu'on me dise que je suis vieille, si ça ne revenait pas à être enfermée dans un ghetto.

— Le ghetto des invisibles, j'ajoute.

— Des gens à qui on parle sur un certain ton, enchaîne Annie. Avec un regard qui vous met à l'écart, sous prétexte de vous épargner, de vous protéger ou dieu sait quelle hypocrisie.

Constater qu'une fois de plus nous avons exactement la même expérience nous excite au plus haut point.

— Et si on ne veut pas comprendre, on vous accuse d'avoir honte d'être ce que vous êtes.

— Ce qui fait qu'on intériorise. Et qu'on finit par trouver normal de se retrouver enfermés entre vieux, à jouer aux cartes et s'occuper des petits-enfants.

Régine hoche la tête. Cependant, on devine qu'elle a du mal avec notre bouillonnement, qu'elle se méfie.

— Mais *c'est* normal, dit-elle. C'est le désir qui fait qu'on se regroupe par âges. On recherche la compagnie des gens avec qui on a envie de baiser, c'est tout simple.

Curieusement, la plus pin-up, la plus sexy de nous quatre semble aussi la plus fragile, la moins sûre de son droit à jouir de ce corps si soigneusement entretenu. Pour changer de sujet, elle évoque un voyage qu'elles avaient fait toutes les trois, au Maroc. Ses souvenirs ne collant pas avec ceux des autres, la discussion dégénère en dispute confuse.

Heureusement que moi, je me tais. Absorbée par les épluchures et croûtes de fromage qui dessinent la tête d'un monstre mou, jaune marron et vert, prisonnier de la poubelle. J'écoute la vivacité des voix, la chaleur des rires. Me demandant ce qui a vraiment changé depuis que nous étions ensemble dans le mouvement des femmes, à part les rides et les insomnies. On ne portait pas de soutien-gorge, à l'époque. Pour ce que sa robe laisse deviner, Suzanne n'en porte toujours pas. Elle savait déjà être un tableau vivant comme là maintenant, le rouge de sa robe répondant au foulard rose noué dans ses cheveux – rouge et rose rehaussant leur texture vivante et chaude, qui fait penser à la fourrure d'une renarde à peine apprivoisée. Annie a épaissi. Une épaisseur, un bloc pour résister, pour tenir, seule, dans ce qu'elle appelle *le monde de l'art*. Ses joues brillent du plaisir d'être ensemble. Et Régine a peut-être toujours le même tempérament fantasque et lunatique, caché sous son aisance de femme bien née. D'ailleurs elle est justement en train de dire qu'elle s'est inscrite sur un site de rencontres.

— Pour voir, dit-elle. Il y a des tas de gens qui le font. Des tas de jeunes, aussi.

Ça s'était produit un certain après-midi, dans une grande maison de bois au bord de la Manche. Une passade anecdotique, un acte furtif, à peine conclu, accompli sans conviction et plus par ennui que par désir véritable, sur un lit étroit où je m'étais allongée avec Jérôme, un après-midi.

— Houhou, tu dors ? me demande Suzanne.

On sentait venir la fin, à cette période-là, et on s'agitait vainement pour ne pas y penser, comme Jérôme et moi nous étions agités sur une couverture rêche et salée dans la maison au bord de la mer. À ce moment-là Régine n'était plus avec lui depuis des mois et des mois, mais ça ne l'avait pas empêchée, quand nous étions rentrés à Paris, de gifler Jérôme à la volée devant tout le monde, dans un café où nous préparions une intervention pour dieu sait quoi. Une bonne âme l'avait prévenue, sans doute. À moi elle n'avait rien dit, j'étais devenue une traître à la cause des femmes qui ne méritait même pas un reproche.

Levant les yeux de la poubelle, je cherche le regard de Régine. Et je lis dans ses yeux fuyants, dans le papillonnement de ses paupières, qu'elle non plus n'a rien oublié. Presque cinquante ans plus tard, c'est émouvant plus qu'autre chose.

— Peut-être qu'on finira par inventer de nouvelles formes d'amour, balbutie Annie, quand les relations entre genres auront vraiment –

Elle a du mal à finir sa phrase, mais tout le monde comprend ce qu'elle veut dire.

— Peut-être que c'est déjà en route, dit Suzanne. Avec Metoo et tout ça.

Et là, pour la première fois de la soirée, nous sommes toutes les quatre sur la même longueur d'onde.

— Vous auriez cru, vous, voir renaître une aussi puissante vague de votre vivant ?

— Sûrement pas, me répond Régine.

— Vous vous rappelez, l'interrompt Suzanne, comment il y a encore quelques années, si on se disait féministe on avait droit à des regards gênés, apitoyés, comme si tout cela était tellement dépassé, tellement ancien monde ?

— Il y a encore quelques années, dit Régine, le mot féministe était redevenu synonyme de mégère, coupe-couilles, bas-bleu…

— …hystérique, emmerdeuse, puritaine mal-baisée… explore Annie. Et moche. Si t'es féministe c'est que t'es trop moche pour plaire, ma pauvre fille.

Nous n'avions renoncé à rien, en réalité. Nous savions qu'il fallait toujours se battre et qu'il faudrait se battre longtemps encore, mais on le faisait chacune dans son coin, exilée des autres. Ou bien, parfois, on n'y croyait plus. Oh, je n'oserais pas le leur dire, là, maintenant, à elles trois qui me semblent toutes plus courageuses que moi, mais j'étais de celles qui avaient cessé d'y croire, pendant toutes ces années où j'acceptais les boulots les plus mal payés, où j'étais trop peu sûre de moi pour faire aboutir les projets de scénarios qui s'entassaient dans un coin mal aimé de mon bureau, où je m'appuyais sur Antoine pour lancer quand même, timidement, quelques tentatives…

Et puis c'étaient de jeunes et belles comédiennes qui avaient relancé la bataille, et depuis quelque temps, miracle, c'est devenu à la mode de se dire féministe. Pas pour très longtemps, sans doute, mais raison de plus pour pousser la barque. Déjà les plus rustauds des machos se plaignent qu'on ne peut plus rien dire ni faire, qu'on n'aura bientôt plus le droit de draguer. Déjà les esprits fins s'indignent d'une offensive puritaine, d'une mise à mort de la séduction, évoquant Sade embastillé et les autodafés. Pourtant, cette fois, on dirait bien que ça ne va pas être si facile à écraser, ce soulèvement qui s'étend sur toute la planète. Oui, la même joie et la même fierté nous habitent toutes les quatre, et nous faisons une liste – des Iraniennes qui enlèvent leur voile aux Africaines qui se battent contre l'excision – des millions de femmes auxquelles ce mouvement mondial, par la grâce de l'internet, donne une petite chance d'accéder à une vie moins odieuse.

— En tout cas, une chose est sûre, déclare Suzanne. Jamais je ne dirai de ces années-là – c'est ce que nous avons eu…

— … de meilleur !

J'ai lâché ça si vite que, toutes les quatre, nous éclatons de rire.

*

On finit par se quitter vers deux heures. Je décide de rentrer à pied, mais la marche fait resurgir l'enquête, le scénario, que j'avais complètement oubliés pendant la soirée. Arrivée à Châtelet, je prends un taxi, monte tout droit dans ma chambre et, groggy de vin et de fatigue, je m'allonge sur mon lit avec le carnet rouge.

Comme je m'en doutais (comme je m'en souvenais ?), la jeune fanfaronne passe très rapidement sur ce qu'elle fait au retour de Calabre. Elle voit de moins en moins Antoine qui habite encore rue des Martyrs. Il a fini par décrocher l'avance sur recettes et passe tout son temps à préparer son premier long-métrage, avec l'aide d'une jeune productrice. Elle, elle occupe dans la communauté d'Arcueil une toute petite pièce dotée d'une grande fenêtre, assez minuscule pour que personne ne la lui dispute, meublée d'un matelas et d'un hamac multicolore suspendu au-dessus, qui lui tient lieu de placard. Tout cela décrit à la va-vite, d'une écriture négligée, jusqu'à cette scène – non datée – que je lis en frémissant pour la pauvre fille :

Dix heures du soir. Appartement d'une amie de Sam que je connais à peine de vue, une jolie brune flanquée d'un gros chien, à côté de la Contrescarpe. Petites pièces sombres, odeur confinée, encens et fruits pourrissants, qui me remonte au nez pendant que j'écris ces lignes. J'enlève ma peau de chèvre mongole, Sam me prend la main, on s'assoit par terre, sur le tapis rouge. Il fume en souriant légèrement.

Il faut que je te dise quelque chose. Tu es la première à qui j'en parle. Bientôt c'est l'anniversaire d'Aricie, et je n'ai même pas de quoi lui faire un cadeau.

Je balaie le problème d'un haussement d'épaules.

Je peux te passer un peu de fric, si tu veux. J'ai été payée hier pour le fromage orange.

Quelque chose noircit dans ses yeux.

Merci, non... Je vais lui demander si elle veut faire un enfant avec moi.

Un enfant ? Maintenant ?

Dixit la pauvre buse, la bécasse ridicule qui vient de se faire dézinguer en plein vol. Flinguée au bas-ventre. C'est un coup de salaud, ça je le devine, mais une chose après l'autre. Pour l'instant je m'occupe de reprendre ma respiration.

Je sais que j'aurai du mal à la convaincre, mais j'espère...

Et il repart dans son histoire de mal-aimé, je suis plus vieux que vous tous, je pense souvent que dans pas si longtemps j'aurai trente ans...

Il y a sur le mur derrière lui, juste au-dessus de sa tête, une reproduction des *Prisons* de Piranèse dans laquelle j'essaie de m'enfoncer. Mais tenter de s'évader en se précipitant dans une prison, à quoi ça rime ? Un quart de seconde, cette image angoissante me fait penser à la bibliothèque infinie de Borges, qui n'existe pas. J'essaie de rire pour ralentir la chute. Ma veste est là, à portée de main. J'enfouis mon nez dans ses longs poils gris et doux, je respire son odeur réconfortante. Elle pue si fidèlement, ma vieille bique de Mongolie. Sa puanteur me protège. Je me stabilise, je vais remonter.

Tu es comique, vraiment !

Samuel semble soulagé. Sourire un peu forcé.

Non, c'est vrai. Aricie, pendant longtemps elle ne voulait pas de moi... et puis ensuite ça n'a plus très bien marché entre nous. Je ne veux pas la perdre.

Je retire ma main, je zigzague, je perds de l'altitude à toute allure. Ça y est, je m'écrase en vrille sur les doux longs poils gris.

Mais j'espère que ça ne changera rien entre nous.

Je dis n'importe quoi, ce qui me passe par la tête. Je le traite de menteur, d'hypocrite. Par quel miracle ça ne changerait rien entre nous ?

Tu es si forte toi, si solide. Ça rend beaucoup de choses possibles...

Je le repousse violemment. Je dis que c'est dégueulasse.

Je croyais qu'on inventait, qu'on était libres comme des gueux ? Tout ça pour finir dans une comédie de boulevard ? Alors voilà on a bien ri, on a bien rêvé, et maintenant retour à la vraie vie ? Les Mômes, les Responsabilités, Aricie la fille sérieuse, pas très inspirante peut-être mais si jolie, et puis pas emmerdante ?

Pauvre Sam. Tant de vulgarité mentale, tant de violence le blessent. Il encaisse en silence, sans moufter. Mais je ne me laisse pas avoir. C'est lui le salaud. Moi j'essaie de sauver ma peau.

Et tu me vois dans quel rôle, là-dedans ? un remake de *Backstreet* ? la baby-sitter ?

Je ne sais pas. Écoute –

Il s'interrompt, reprend d'une voix différente, de cette voix sophistiquée, distante et contrôlée qu'il a parfois, et alors on devine qu'il s'est extrait de la scène pour l'observer à distance :

Ça ne ressemble pas tellement à ce que tu disais... Qu'il fallait vivre les choses comme elles se présentent, ne pas s'enfermer à deux...

Je disais ça, vraiment ? C'est sans doute que j'imaginais... je sais pas, j'espérais sans doute qu'Aricie et toi...

Ma grimace est ridicule, je le vois dans ses yeux.

D'ailleurs si ça se trouve moi je le suis déjà, enceinte. J'ai plusieurs jours de retard.

Il me regarde. Il ne me croit pas.

Et tu ne m'as rien dit ?

Non.

Je me redresse, je sens mon visage s'enflammer. Je suis grotesque.

Qu'est-ce qu'on fait si je suis enceinte, hein ? On en fait chacune un ? Tant qu'à être dans un vaudeville.

Il se lève, il s'éloigne. Je suis en mille morceaux. Une bouillie sanguinolente et baveuse répandue dans la chèvre. J'arriverai jamais à tout ramasser dans cette crinière de poils emmêlés. Je fais celle qui n'a pas bien compris, je demande si ça doit avoir lieu là, maintenant, est-ce que tu ne peux pas attendre un peu, un petit peu, qu'on ? Qu'on quoi, je ne sais pas. Je vois ses épaules se voûter, l'embarras dans ses yeux fauves, l'étonnement, la déception.

Je ne sais pas, dit Sam. Je ne peux pas te répondre, là comme ça. Il est tard. Essayons de dormir, maintenant.

Dormir ? Après m'avoir fait dévisser de mon nuage en quelques phrases, il voulait que je dorme ? D'autres auraient eu la fierté de se lever et de s'en aller sans un mot de plus. Moi, au point où j'en suis, je ne vais pas lui offrir par-dessus le marché une sortie digne et discrète. La tristesse me rend ivre, affreusement ivrogne. Sous ses yeux de plus en plus las, j'ironise sur les don juans, je prétends que ça ne peut pas être si peu de chose pour lui, cette histoire, allumant clope sur clope, refumant les mégots quand il n'y a plus rien à fumer, plongeant dans cette nuit étouffante et âcre comme un tourbillon de cendres où tout au-dedans et au-dehors se défait, se dénoue en lambeaux que je voudrais encore plus déchiquetés, encore plus minables. À un moment j'ai pensé à la Catherine de *Jules et Jim*, qui balance si élégamment sa voiture dans la rivière, elle et Jim dedans, quand il lui annonce qu'il va faire un enfant avec une autre. Mais je n'ai pas de voiture sous la main, et puis de toute façon je ne veux pas mourir. Tout ce que je veux, c'est retourner sur mon foutu nuage.

Sam doit commencer à trouver qu'il prend cher, pour quelqu'un qui ne se débine pas dans la tourmente. Son regard me dit : Allez fillette, décroche, *life is but a dream*. Ça se voit qu'il me trouve de plus en plus moche. Et j'en éprouve une jouissance funèbre qui me fait rire, qui m'exalte. Je dis :

C'est normal. C'est à cause de mes hanches.

De quoi ?

De mes hanches. (Je me flanque une claque sur le ventre.) C'est ce que Bernard m'a expliqué : les hommes regardent d'abord ça chez une femme, avant de savoir s'ils vont lui faire un enfant. Pas les yeux ou les jambes, les hanches. Bon d'accord il est né dans une ferme et c'est sa mère qui lui a recommandé de ne jamais oublier ça : les femmes pas assez larges, elles peuvent mourir en couches. Ou l'enfant risque d'être endommagé au passage. Un peu comme une vache trop mince. Mais sans doute que vous faites tous la même chose, à la ville comme à la campagne ?

Plus je parlais et plus la bile noire se répandait en moi, devenait mon sang. J'espère au moins qu'il aura les yeux verts, ton enfant. Le grotesque m'allait parfaitement, tant qu'à être vaincue autant que ce soit vraiment consternant, d'une laideur irrémédiable, autant ne laisser à personne d'autre le soin de m'humilier à mort. Apitoyé par mes contorsions, ou pour me faire taire et en finir, Sam m'a prise dans ses bras. Et complètement épuisés, au petit matin, on a fait l'amour. Moi comme une dernière chance de savoir, de sentir. Lui, sans doute, comme on emmène sa vieille tante au cinéma le dimanche. Quand même j'ai réussi à le dispenser de mes larmes, ma tête de gorgone qui pleure et jouit en même temps je l'ai réservée pour un moment 69 où il ne pouvait pas la voir.

Je ne sais plus comment je me suis retrouvée dehors. Moi ma veste on était la chèvre de monsieur Seguin, je me tirais vivante de cette nuit de bataille et je me détestais d'être vivante, je trouvais ça mesquin. Il faisait beau. Les arroseuses matinales arrosaient, ça sentait le trottoir mouillé. Des gens normaux, sachant ce qu'ils faisaient, où aller et pourquoi, vaquaient à leur vie. J'ai couru sans rien voir jusqu'en bas de la rue Soufflot. Tout ce temps j'avais l'illusion que Sam me suivait, à tel point que je n'osais pas me retourner pour le vérifier. Puis j'ai traversé le Luxembourg, zigzaguant et pleurant toujours, accrochant ici une chaise, là un mioche qui ne se garait pas assez vite. Les loups étaient entrés dans Paris, ils galopaient à mes trousses.

20 mars. Antoine vient souvent me voir à Arcueil. Je le surprends parfois à me couver du regard avec une tête inquiète ou jalouse ou je ne sais quoi. D'après Régine il a essayé de draguer Aricie pendant le voyage à Reggio, et elle l'aurait envoyé paître. Pendant quelques jours j'ai été presque contente de moi. J'avais fait ce qu'il fallait pour que Sam ne me regrette pas une seconde, et c'était une manière de lui enlever un peu de pouvoir sur mon existence.

Je commençais à me demander si j'allais devoir retourner chez l'avorteuse de la rue Charles-Baudelaire quand, hier, mes règles sont revenues. Même si je le voulais, je ne pourrais pas le lui dire. Quelqu'un – qui déjà ? Guy je crois – m'a raconté qu'il était parti faire ses trois jours dans une caserne, après avoir pris assez d'amphétamines pour être réformé.

D'accord. Voyons-nous. Ça aurait dû me suffire, ces deux moignons de phrases au téléphone. Le ton sur lequel elles étaient dites. Ce n'était pas la voix secrète et souriante de Sam, plutôt celle qui se défie et maintient la distance. J'ai accepté l'endroit et l'heure qu'il proposait, un square poussiéreux en face des Arts et Métiers. Tous les bancs étaient occupés par des clochards et des mères surveillant leur marmaille. On marche de long en large sous les arbres. Il a l'air si embarrassé, si mal à l'aise qu'une immense timidité m'envahit. Je pense que je l'emmerde, jamais je n'aurais dû l'appeler, je me fais honte. Manque de fierté, faiblesse, tu ne l'as pas volé ce qui t'arrive. Je ne sais même plus ce qu'on se dit, mais de toute façon ça se passe ailleurs que dans les mots. On ne se touche pas. Il ne me demande rien à propos de mes règles et je ne lui dis pas qu'elles sont revenues. On reste plantés devant un bassin vide au milieu duquel un homme et une femme de pierre se tournent le dos. Ça n'a pas l'air de les perturber, ils se tournent le dos tranquillement, sans en faire un drame. Les imbéciles, les heureux. À un moment Sam parle d'une lettre. Quelle lettre, je lui demande.

Je t'ai écrit, quand j'étais aux trois jours.

Je ne l'ai pas eue. Mais si tu l'as envoyée rue des Martyrs c'est normal (je m'excuse presque), je n'y suis plus...

Il fait un geste vague de la main. Dit que ce n'est pas grave, ce n'était qu'une lettre. Encore je cherche quelque chose à dire, encore je ne trouve pas. Puis il me félicite pour ma nouvelle coiffure avec une gentillesse qui me blesse affreusement. Je regarde mes tennis couvertes de la poussière du square, hésitant à lui demander ce qu'il y a dans cette lettre. Sam abrège en disant que bon, faut qu'il y retourne maintenant. Je ne demande pas à quoi. Une petite, très petite partie de moi s'intéresse à la crudité, à la netteté de la situation. Cette très petite partie de moi photographie les détails surex, statues de pierre, clodos, bassins vides moisis, graviers et poussière grise, lumière verdâtre. Je stocke, pourquoi ? Pour y caser la mort, pour l'enfermer là dans ce square, qu'elle ne me colle pas aux semelles ?

Antoine vient dormir avec moi à Arcueil. On ne fait pas l'amour, on parle et on dort. Je lui dis que je ne suis pas vraiment sûre d'être une femme. Pas sûre d'être une vraie femme. *A natural woman*, comme dit Aretha. D'ailleurs c'est quoi, une femme naturelle ? Comment, il me dit, mais pour moi tu es la féminité même. J'aimerais bien le croire mais je ne suis pas convaincue. Je lui demande à quoi ça rime pour lui, de baiser avec chaque personne qui lui plaît, au hasard des rencontres. Être à l'affût en permanence, flairer tout ce qui passe comme un chien de chasse – c'est quand même limité comme plaisir, non ? un peu triste ? répétitif ? Il réfléchit un moment et dit : Ben pour toi je peux pas savoir, mais pour moi non. C'est pas comme ça du tout. Moi ce que j'attends, un peu comme un drogué son prochain shoot, c'est ce moment unique, presque effrayant, où on découvre le sexe d'une femme. Y en a qui disent que son visage t'en apprend déjà long sur ça, sur comment son sexe est fait, à quoi il ressemble, comment tu seras dedans, mais c'est faux, je peux te le dire. C'est jamais pareil et c'est totalement imprévisible. Et ça, même si t'es complètement déprimé, à plat, surtout si t'es déprimé et angoissé, ça, ce choc, cette découverte, ça reste toujours vrai.

En même temps il avait un air un peu inquiet, surpris de s'entendre parler de ces choses.

Et puis l'idée m'est venue de lui demander s'il n'avait pas eu dans les mains une lettre, rue des Martyrs, qui m'était adressée. Il m'a répondu ça se peut, je ne me souviens pas.

12 avril. Ce matin j'ai reçu la lettre perdue. J'avais fait une demande à la poste de la rue ND de Lorette, à tout hasard, et elle a été renvoyée à Arcueil, un peu déchiquetée, barrée d'un énorme « N'habite plus à l'adresse indiquée », en majuscules au crayon gras. L'autre écriture sur l'enveloppe m'envoie un direct au cœur. Les lettres de cette écriture-là sont élégantes, déliées, nerveuses. Dedans, Sam sur une petite feuille m'écrit que sa bouche brûlante est pleine de moi. Qu'on n'a pas fini ce qu'on a à faire ensemble, tous les deux. La bouche brûlante je comprends. Mycose attrapée un soir trouble à Ivry, après la Calabre. Puis 69 au bout de ma nuit de petite chèvre, à la Contrescarpe. Mais alors pourquoi cette volte-face entre ces mots – brûlant, faire, ensemble – et le malaise, le mutisme et la poussière des Arts et Métiers ?

Cette lettre, il me semble l'avoir longtemps gardée sans jamais la rouvrir, puis perdue, après un déménagement ou un autre. À moins que je l'aie jetée, ou que je ne l'aie jamais reçue – dans l'état d'hébétude où je me trouve, je ne suis plus sûre de rien. Il me semble aussi que Samuel l'avait écrite non pas dans la largeur de la feuille mais dans l'autre sens, et que cette feuille était de petites dimensions. Peut-être ce qu'il avait pu se procurer dans cette caserne où il essayait de se faire réformer. Un instant je suis tentée d'aller la chercher dans la cave, elle aussi, tout en sachant qu'elle ne s'y trouve pas. Je me lève et me recouche aussitôt, effarée. Je suis encore plus atteinte que je ne croyais.

Mais ce que je dois me forcer à examiner, surtout, c'est cette tendance à s'autodétruire de la jeune fille. Son regrettable penchant pour ce qui va augmenter son mal. Je recherche ce que j'ai noté tout à l'heure, dans la marge du passage où elle supplie Samuel d'attendre un peu : « Pas glorieux. Mais c'est bien aussi, cette mauvaise tenue – à garder. Attention surtout à ne pas la rendre plus héroïque, déjà qu'elle ne dit pas tout, forcément. » Et si, au lieu de chavirer dans le dégoût d'elle-même, elle avait eu le courage d'analyser la situation ? Sans doute est-ce en rentrant d'Italie que Samuel avait commencé à se dire qu'une histoire pareille était invivable ? Que c'était épuisant, que ça n'allait nulle part, qu'il n'avait plus envie de jouer ? Et, retrouvant Aricie, à se reprocher de la faire souffrir à ce point, elle qui n'aspirait qu'à une harmonieuse vie de couple ? Il n'y a que lui qui pourrait le dire. Il n'y a que lui qui pourrait expliquer la volte-face du square des Arts et Métiers.

À ce point de l'histoire et à ce moment de la nuit, voilà où nous en sommes, la jeune fanfaronne et moi : vu l'heure, la fatigue, la solitude, sans compter tout ce que j'ai ingurgité depuis le début de la soirée, les choses deviennent assez confuses. D'un côté, profitant de ma faiblesse momentanée, la désastreuse fleur bleue a sans vergogne pris le pouvoir. En réduisant à rien ou presque le temps qui nous sépare, elle met sérieusement à l'épreuve la différence entre nous. Et en même temps elle reste une personne étrangère, que je me refuse à comprendre. Ainsi ai-je encore noté dans la marge, au moment où elle accuse Samuel Rothberg de mentir :

« — Pauvre fille. Il fallait ruser. Faire preuve d'intelligence.

— Ruser ? Mais c'est le contraire de ce qu'on voulait !

— Non. Je veux dire ruser avec toi-même. Te faire

confiance. Si tu y avais cru, à son histoire, il y aurait peut-être cru lui aussi.

— Mais j'y croyais ! J'y croyais mais je ne voulais –

— Bon. Mais moi, ce que je me demande, aujourd'hui, c'est comment je pourrais mettre ça en film, ce dialogue entre toi et moi. »

Nous sommes toutes les deux prises de vertige, à n'en plus savoir ce qui nous sépare et ce qui nous unit. Le projet de scénario, notamment, qui devait m'éviter un plongeon dans la Mare de Larmes, ce projet prend lui aussi, pour l'instant, une allure bien chimérique.

C'est donc à tout hasard, parce que dans le brouillard il ne faut surtout pas faire demi-tour, que j'écris quand même ce qui me passe par la tête. Sur l'une des pages restées vierges à la fin du vieux carnet au rouge décanté – je n'ai plus le courage de me relever pour aller chercher mon ordinateur posé là-bas dans le noir, à l'autre bout de la chambre – j'écris ça :

« Elle ferme les yeux. Non que la lumière l'éblouisse – seule une petite lampe de chevet, près du lit, éclaire ce coin de la pièce. Non, si elle ferme les yeux, c'est pour chercher quelle bande-son conviendrait à cette fin de partie. Et très vite elle trouve : *Back to black*, bien sûr. Amy piétinant devant son micro avec toute la rageuse tristesse de son jeune corps. Presque trop bien, trop exact, peut-être seulement quelques mesures – que je chantonne d'une voix floue :

He left no time to regret
Kept his dick wet
With his same old safe bet
Me and my head high
And my tears dry – »

Et pour en finir, les yeux secs et brûlants, je feuillette les dernières pages du carnet. Après le dernier rendez-vous avec Sam, elle est de plus en plus laconique. Ses quelques brèves notes ne disent d'ailleurs rien d'autre : elle redevient muette puisqu'elle ne réussit à parler à personne, pas même à Marielle, de cette histoire semi-clandestine qui a eu à peine le temps d'exister. « Peut-être que j'ai rêvé, que ça n'a pas eu lieu », écrit-elle le 22 juin 1971. Elle passe, en compagnie de Marielle, de Nadja et d'autres, une bonne partie de ses journées à l'imprimerie où elles écrivent et mettent en page le premier numéro du *Torchon brûle*, ou en réunions et actions diverses, et l'effervescence joyeuse du mouvement des femmes à ses débuts lui permet d'ignorer ce qui se produit en elle.

Pas tout à fait, quand même. À propos d'une blessure à la hanche qu'elle néglige de faire recoudre, après une chute de moto, l'inconséquente a noté : « Je m'exile lentement de tous les camps et de moi-même, je m'éparpille en lambeaux aux quatre coins de Paris. » C'est la dernière phrase du carnet.

Puis je m'endors, la tête lourde. Le soleil, déjà haut dans le carré bleu du vasistas, me réveille en me chauffant la joue. Je descends faire du café pour dérouiller ma gueule de bois et trouve Antoine planté devant le grille-pain, guettant l'éjection de ses toasts. Il a encore rêvé. Il veut me raconter son rêve. On emporte le petit déjeuner chez lui, au premier étage.

Je n'ai guère envie de l'écouter, ce rêve. Je fuis toutes les situations nous arrimant l'un à l'autre comme deux petits vieux, voués à finir leur existence ensemble, dans cette maison. Mais je suis affamée et il y a un pot de confiture de figues sur le plateau posé par terre, à nos pieds. Somme toute il est plus simple d'écouter Lange en mangeant des tartines grillées que de se montrer désagréable dès le matin. Il est assis sur le lit défait, moi en travers d'un fauteuil, jambes par-dessus le bras, juste en face de la photo où on nous voit tous les quatre, à Beyrouth.

C'était pendant une trêve de la guerre du Liban, au début des années 80. Cheveux blond-blanc et joues prodigieusement rebondies, Marcelle encore presque bébé jouait devant nous, attablés à l'un des cafés éphémères qui ouvraient sur la corniche entre deux périodes de combats. Cet été-là, nous étions parties toutes les trois rejoindre des amis de Daphné, des Libanais qui circulaient entre Paris et le Moyen-Orient comme aussi bien, à ce que je comprenais, entre activisme propalestinien et commerce de drogues. Antoine nous avait rejointes, pour une raison qui m'échappe aujourd'hui. Il sourit, l'air paisible, à celui qui nous photographie – sans doute l'un des amis de Daphné, qui étaient censés assurer notre protection dans la ville livrée aux milices armées. C'est cet été-là, il me semble, que Lange a commencé à porter des lunettes teintées cerclées de métal, à peu près identiques à celles qu'il vient d'enlever pour se masser les paupières.

— Je marchais dans une rue qui était d'abord la rue Montmartre, dit-il, du moins c'est ce que j'ai cru au départ. C'était de plus en plus compliqué d'avancer, le vent hurlait, j'étais trempé et glacé et en même temps il fallait que je tienne mes bras en l'air (il les lève devant son visage, pliés en pare-chocs) parce que des choses fonçaient sur moi, comme si elles étaient programmées pour tuer. Pour me tuer moi, en fait.

Il s'était fendu le bras en smashant dans une branche d'arbre, déchiré les mains en attrapant une pelote de ronces, puis une plaque de zinc l'avait à moitié assommé. Après un tournant en épingle à cheveux la rue s'élargissait, elle devenait presque campagnarde. Et il devait être à Besançon, finalement, parce qu'il sentait la citadelle tout en haut, au-dessus de la ville et du fleuve.

Mon regard glisse de la photo de Beyrouth au cabinet d'ébène qu'Antoine a rapporté de Toscane. Dans l'un de ses tiroirs se trouvent les lettres de Daphné, dont il n'a jamais voulu se séparer. Ce sont des mots griffonnés dans tous les sens, jetés sur des bouts de papier, des enveloppes déchirées ou même du papier-toilette beigeasse quand elle était en prison ou à l'hôpital psychiatrique. Ou des liasses de feuilles recouvertes d'un tissu serré d'insultes et de supplications, menaces et déclarations d'amour enchevêtrées. Dans la même lettre elle l'appelle crevure, charogne, elle lui souhaite d'éclater comme le crapaud bouffi qu'il est, puis elle lui révèle que leurs karmas sont liés pour l'éternité.

— Je respirais une espèce de brouillasse glacée, continue Antoine, qui me brûlait la gorge. Des trombes d'eau tombaient sur la falaise avec un bruit d'enfer, les rues disparaissaient sous des flots de boue. Et quand les arbres se sont envolés, le trottoir s'est ouvert sous mes pieds et je suis entré dans la Rhodia.

La Rhodiaceta : l'usine où Violette, la mère d'Antoine, a travaillé toute sa vie. Il y a une dizaine d'années, l'hiver où elle est morte, il m'avait proposé de les accompagner, lui et un ami graffeur, dans la vieille usine aux vitres crevées, abandonnée depuis longtemps. On était entrés dans une immense salle vide au plafond bas soutenu par des piliers – un des anciens ateliers d'étirage, avait reconnu Antoine –, dont les murs étaient couverts de fresques parfois très belles, comme celle où grimaçait le Chapelier fou de Lewis Carroll. Le sol était jonché de débris divers, parfois d'origine animale – déjections, repaires abandonnés ou cadavres en décomposition ? C'est ce que me suggéraient mes pieds en enfonçant dans une matière incertaine et molle, parfois visqueuse.

— Alors, poursuit Lange, dans le noir je distingue un groupe de gens, une dizaine peut-être, qui me regardent avancer sans rien dire. Je ne vois pas leurs têtes mais ils n'ont pas l'air effrayés, bizarrement, comme s'ils ne sentaient même pas l'ouragan, et pourtant le sol tremble si fort qu'ils se tordent dans tous les sens pour rester debout.

Quand il était parvenu au fond de la salle, il s'était aperçu que ceux qu'il avait pris pour des graffeurs venaient tous de sa jeunesse. Il avait reconnu la belle Suzanne Zedet, qui baissait les paupières avec cet air à la fois timide et indomptable qui le fascinait tellement quand il était adolescent, et Yoyo, le Yoyo Maurivard de l'équipe B, souriant malicieusement comme si de rien n'était, et à l'écart du groupe le profil aigu de Chris Marker vêtu d'une vieille parka, les genoux fléchis pour absorber les mouvements du sol à la manière d'un skieur ou d'un véliplanchiste, et d'autres encore qu'il avait connus dans la cité de Palente ou pendant la grande grève de 67. Et tous semblaient être restés à l'âge qu'ils avaient alors.

— Je me suis réveillé, conclut Antoine, au moment où le plafond de l'atelier d'étirage s'effondrait sur nous.

— Quel rêve, dis-je, fixant à nouveau la photo de Beyrouth. Je suis contente que tu me l'aies raconté.

Le pistolet avec lequel Daphné a tiré sur Antoine, elle l'avait récupéré peu après ce voyage au Liban. C'est un lourd revolver d'ordonnance, qui avait paraît-il appartenu à un officier réfractaire pendant la guerre d'Algérie et que ses amis libanais avaient caché chez elle, rue Saint-Denis. Son possesseur avait-il été entôlé, était-il mort ? Toujours est-il que l'arme était restée chez Daphné. Elle l'exhibait parfois pour le plaisir de voir les réactions quand elle l'extrayait, noire et luisante de graisse, d'un sac de toile grise contenant également cinq cartouches au métal terni.

— Comment va Marcelle, demande Antoine, son regard suivant le mien. Tu l'as vue récemment ?

— Ça va, dis-je. Pour autant qu'on puisse savoir, avec Marcelle.

Je suis tentée d'ironiser sur cet intérêt subit, mais une lumière inattendue éclaire ses yeux, peut-être allumée par ce voyage en rêve à Besançon, alors j'ajoute :

— Tandis que Daphné ça ne va pas du tout, on dirait. Et Marcelle refuse toujours de la voir.

Je résume, en quelques phrases, le passage de Daphné au *Nuage*, et l'état dans lequel je l'ai trouvée le long de la voie ferrée. L'air songeur, il saisit ses lunettes et les remet sur son nez avec un de ces gestes délicats qui, aujourd'hui encore, me surprennent pour des mains aussi épaisses. Les grosses mains d'Antoine, aux ongles plus larges que longs. Le reste de sa personne a fondu, s'est amolli, emparisiané, dandyfié. Ses mains sont restées attachées au corps de son enfance, à un ensemble originel dont je ne connais que quelques éléments. L'odeur âcre du polyester fondu que Violette et Bachir rapportaient sur leurs vêtements, les bras qui collaient sur la toile cirée de la cuisine, les néons clignotants du *Ravi*, le supermarché au pied de la barre. Un air de Jefferson Airplane. La voix de Violette, sa façon de prononcer « Antouââne », avec cette emphase franc-comtoise.

— Il faudrait peut-être que j'aille la voir, di-il finalement, sans préciser s'il parle de Daphné ou de Marcelle.

— Ce serait super, dis-je.

Oui, ce serait super. Moi, pendant ce temps-là, je pourrais me décider : ou bien, faute de témoins et d'éléments nouveaux, je laisse tomber l'enquête sur l'histoire avec Samuel Rothberg et je renonce au scénario. Ou bien il ne me reste plus qu'à retourner sur les lieux de cette affaire glacée par le temps, pour tenter d'y glaner encore quelque chose.

Un endroit où Paris ressemble à une caricature d'elle-même, version Second Empire dans ce que l'haussmannien peut avoir de plus lugubre, c'est bien le square des Arts et Métiers. Sombre, encaissé, terre battue et graviers, air poussiéreux recouvrant le moindre buisson d'un voile terne, fontaines asséchées : l'atmosphère parfaite pour un film d'Autant-Lara, époque collabo crapoteuse, ou de Jean Delannoy, qualité France à se flinguer de tristesse. Décor inchangé, image pétrifiée de l'échec et de l'impuissance – Samuel Rothberg avait choisi le décor parfait pour la scène où la fanfaronne et lui se quittent sans se le dire.

En tournant autour, je constate que l'homme et la femme qui continuent à se tourner le dos, au centre du bassin toujours à sec, ne sont pas en pierre comme elle l'écrit dans son journal, mais en bronze verdi. L'homme, m'apprend une encyclopédie en ligne, est Mercure, alias Hermès, dieu des voyageurs (comme en atteste son petit chapeau ailé et strié de fientes argentées), mais aussi des voleurs (une corne d'abondance est déposée à ses pieds) et du commerce (il tient entre ses jambes une grosse balance, que j'ai d'abord prise pour une ancre). La femme, dont les attributs sont une lyre et ce qui ressemble à une torche, incarne la Musique. Je suis en train de les photographier quand Annie m'appelle. Hier soir, rentrant avec Suzanne de chez Régine, elles se sont dit qu'on ne pouvait pas s'en tenir là. S'en tenir là de quoi ? demandé-je. Le nouveau mouvement des femmes, développe Annie. Pourquoi on n'y participe pas plus activement ? Alors que ça nous emballe tellement ? Et même aujourd'hui, avec cette migraine qui me perfore le crâne, l'idée tient le coup. Tu en penses quoi, toi ? Que ça mérite examen, dis-je. On décide de se retrouver demain au *Nuage*, à l'heure du déjeuner. Elle se charge de prévenir Suzanne et Régine. Et moi, c'est d'un pas bien plus léger que j'abandonne le triste square pour descendre le Sébastopol jusqu'au Châtelet.

À Denfert, le tunnel devient tranchée à ciel ouvert, convertissant la rame en train qui roule au ralenti entre deux haies d'arbres. En voyant le panneau de la station suivante, Cité universitaire, je sursaute. Et saute de mon strapontin. Enjambe la faille qui s'ouvre, dans la station en courbe, entre le seuil de la voiture et le quai. Il fait beau. Il fait frais. Je fonce vers la sortie. L'image qui vient de m'atteindre, qui menace de s'évanouir, là dans cet étroit couloir carrelé de blanc, c'est celle d'une pelouse sur laquelle nous nous étions assis un jour,

Samuel et moi. J'avais tout à fait oublié ce moment, et pour cause.

C'était en été, au début de l'été 71. Tous ceux qui gravitaient autour de *Tout !* se retrouvaient, ce jour-là, pour entériner la fin du journal et de VLR, cette organisation qui, sans en être vraiment une, était tout de même en train d'éclater. Dans un dernier geste de chef, Castro le bateleur avait décidé, avant de commencer une analyse avec Lacan, de dissoudre ce qui restait de « ses » troupes démantelées par le départ des militantes. Car à ce moment-là, les filles de VLR s'étaient pour la plupart rapprochées du mouvement des femmes. Après plusieurs mois de résistance indignée, le comité de rédaction de *Tout !* – intégralement masculin, donc – avait fini par se résigner à publier un article que nous avions écrit à une dizaine de femmes, « Vie et mœurs de la peuplade des Tuotiens, ou Que vos os pourrissent sous la lune ! ». Nous y décrivions le petit groupe qui gravitait autour du journal comme une peuplade aux mœurs archaïques, où les grands initiés qui gravaient la pierre profitaient de leur prestige pour séduire toutes les femmes de la tribu, avant de les renvoyer à leur *Torchon*. Comme dans toute satire, les exagérations, voire la mauvaise foi y fleurissaient, mais dans l'ensemble c'était d'une réjouissante et féroce lucidité.

Cette ultime réunion avait lieu dans une des impasses bucoliques qui débouchent sur le parc Montsouris et où l'on s'attend à voir surgir, d'une seconde à l'autre, la cousine Bette dans sa robe de mérinos couleur raisin de

Corinthe. Après divers discours et prises de bec, la dissolution avait été consommée, et nous nous étions rapprochés, Sam et moi. Nous avions marché jusqu'au parc, où nous nous étions assis sur une pelouse sans réussir, me semble-t-il, à nous dire quoi que ce soit. Ce silence-là avait pétrifié pour toujours, aussi brutalement que les cendres brûlantes de Pompéi, non pas les corps enlacés que nous n'étions plus, mais ces deux silhouettes figées, raidement assises dans l'herbe et séparées. Suis-je entrée, depuis, dans le parc Montsouris ? Certainement, mais je ne m'en souviens pas. Pour moi c'est tout le jardin que le silence de ce jour-là étouffe d'un voile de néant.

Aujourd'hui, avec le beau temps, il y a foule d'étudiants qui bavardent, pique-niquent et s'amusent sur les pelouses. Ça ferait une jolie scène. L'insouciance, les chahuts joyeux, et au milieu d'eux ce couple muet qui ne parvient pas à se dire adieu.

Nulle épiphanie non plus dans le train – ou le métro, on ne sait jamais avec le RER –, disons dans un wagon très tagué de la ligne B qui m'emporte vers Saint-Rémy-lès-Chevreuse. Ou si peut-être, une vague tonalité plaintive et exaltée, bouffées indécises de Led Zeppelin, Hendricks ou les Doors – remontant du fond de mon oreille. À part Joplin et le *White Rabbit* de Grace Slick, la bande-son de la communauté d'Arcueil était essentiellement masculine, et composée par des hommes. Après Gentilly, je guette par la fenêtre : on pouvait voir la maison peu avant d'entrer dans la station, parmi toutes celles qui s'alignaient le long de la voie ferrée, et parfois même on apercevait des gens gesticulant sur le toit-terrasse – et là pourtant j'ai beau scruter les façades l'une après l'autre, je ne la reconnais pas. J'écris quand même, dans le carnet rouge décanté, que je roule vers le décor de « ses vingt-deux ans ». Mais peut-être est-ce une erreur d'utiliser les feuilles restées vierges à la fin du carnet pour prendre ces notes ? Je vais et je viens entre un sentiment de nostalgie un peu dégoûtant, qui sent la poussière, le renfermé, et une excitante odeur d'inconnu – saisir au vol, sans trier, les pensées mesquines, dépressives, exaltées ou niaises qui me traversent, me placer moi-même dans une cage de laboratoire et m'observer, voilà qui me procure la sensation, peut-être bien illusoire, de fabriquer quelque chose.

La gare. Campagnarde, avec ses frises de bois découpé et ses volets peints, la grosse horloge sur le quai, les deux passerelles au-dessus des voies, la gare d'Arcueil n'a rien perdu de cette paisible irréalité qui faisait son charme. Comme si on avait fait tout le nécessaire pour la conserver en l'état – un coup de peinture sur les volets de temps en temps, et encore. Je la photographie aussi. L'aqueduc – je ne le voyais pas si près ni si colossal – écrase de sa masse brutale les maisons et les immeubles. Il me semble qu'on n'y prêtait guère attention, d'ailleurs. Peut-être étions-nous trop occupés de nous-mêmes pour lever les yeux. Cette rue à un seul côté où on vivait s'appelle, je l'avais oublié, rue du 8-Mai-1945. Un ami, Jeannot L., m'y envoyait des lettres adressées à Juliette Dodu, parce qu'il me trouvait trop maigre. Et les lettres arrivaient.

La maison, j'hésite, mais ça ne peut être que celle-là, au 29 – la seule avec une véranda à toit plat. Plus petite que dans mon souvenir. Les fleurs de faïence vernissée incrustées dans les façades de meulière qui me font toujours penser à un empilement d'éponges sales, leur façon étriquée, à ces pavillons, de se serrer les uns contre les autres – je saute pour tenter de voir quelque chose du jardin, à l'arrière. Ne réussis qu'à entrevoir le sapin, aussi dégarni qu'il l'était alors. Ce qui poussait dans la terre nous intéressait peu, je crois. Tout se passait entre nous, dans la maison, et avec ceux qui nous envoyaient des nouvelles du monde. Jeannot L. m'y écrivait de Belfast et de Londonderry où se soulevaient les ghettos indépendantistes. Dans une de ses lettres il avait dessiné une troupe de lemmings se précipitant vers le bord d'une falaise pour se jeter dans le vide. Et tous les jours on en voyait débarquer, de ces gens de passage qui ne craignaient pas de dire ce qu'ils avaient sur le cœur. Une femme, un jour, m'avait traitée de mante religieuse. C'est de ta faute, disait-elle, si Antoine est un homme malheureux. J'avais trouvé ça très drôle. À ce moment-là je ne faisais qu'essayer de comprendre, par la pratique, ce que lui, Antoine, m'avait raconté sur le donjuanisme. Je devenais une collectionneuse. Et ils le sentaient, tous.

Ils venaient voir, sentir, ça les intriguait. Ça se terminait parfois sur la terrasse où on sortait des matelas, pendant les nuits chaudes. C'était facile, tantôt ennuyeux tantôt agréable.

Mais je n'apprenais rien, ne découvrais rien.

Ou si. J'apprenais que cet acte, faire l'amour, pouvait être la chose la plus anodine du monde tant que l'amour lui-même ne s'en mêlait pas. Et ça, pour la fleur bleue, c'était une découverte. Pas gaie mais qui l'aidait peut-être à grandir. Elle avait eu le tort de tomber amoureuse de Samuel. Et lui, n'avait-il pas commis la même erreur ? Pendant notre voyage en Calabre, et certains jours avant le voyage, j'étais sûre que nous étions embarqués dans la même histoire. Mais là, à Arcueil, je ne savais plus. Étais-je triste ? Sans doute ne m'en sentais-je même pas le droit. Rien de tout cela n'avait été sérieux. Aucune promesse entre nous, aucun engagement. Rien qu'un jeu tordu, auquel j'avais joué, mal, et perdu.

Un jour Sam était passé à Arcueil, pour prendre ou déposer je ne sais quoi. Avec d'autres gens, à l'improviste. Je m'étais trouvée face à lui dans un couloir et j'avais tourné le dos, incapable de dire un mot. Incroyable comme ce moment me revient, avec une précision fantastique, alors qu'il n'a sûrement pas duré plus de quelques secondes.

Et cette silhouette à contre-jour au bout d'un couloir me délivre enfin le sens d'un message qui rôde dans ma tête depuis hier, attendant que je veuille bien le déchiffrer :

l'affiche annonçant le colloque de Nanterre était collée partout sur les murs de la fac, dans le hall du bâtiment où il avait lieu, et tous les noms des participants y étaient bien visibles. Samuel ne pouvait ignorer ma présence. Il m'a probablement entendue discuter d'écriture cinématographique avec deux autres scénaristes qui croyaient, eux, avoir des choses à dire sur le cinéma et la politique.

Il n'a pas eu envie de me parler. Ou même pas eu l'idée de le faire.

N'est-ce pas assez clair ?

Je dois, d'urgence, tirer un trait sur cette histoire d'enquête dans le passé. Laisser retomber, dans le néant où je l'avais oublié, ce minuscule épisode de ma vie, qui n'a existé pour personne d'autre que pour moi et qui est en train de prendre une importance démesurée, absurde, inquiétante. Un peu dingue même. Je n'avais sans doute été, pour Samuel Rothberg, qu'un dérivatif, un intermède, voire le succédané d'un invivable désir pour Guy. Histoire bien connue, follement banale. Bref, ça suffit. J'abandonne cette douteuse idée de scénario. Je réattaque l'adaptation en panne, je rappelle Claude Merlin – ce travail-là, au moins, a l'avantage d'être payé.

Un train qui passe emporte en sifflant les vieilles chimères qui revenaient me fasciner. J'ai bien peur d'être incurable. Jamais je ne serai vraiment la femme puissante et armée, la battante que chaque échec renforce. Peut-être le suis-je de temps en temps, par bouffées, mais jamais je n'aurai la peau de la rêveuse. Toujours cette opposition, les guérillères *versus* les gueules cassées de la vie. Les premières n'étant pas toujours tendres avec les secondes, les considérant avec un agacement rentré, voire un certain dédain. Comme si on n'était pas le plus souvent, vu l'héritage et les montagnes à déplacer, conquérantes et perdantes à la fois.

Samuel Rothberg, lui, avait senti le vent tourner. Puisque tout se délitait autour de nous, il avait sauvé sa peau. Pas plus cruel qu'un autre, mais il avait opté pour la solution logique, confortable, la solution normale à sa portée d'homme retombant sur terre : vie de couple, enfant. C'est lui qui, seul, a décidé du moment où sortir du rêve pour rentrer dans la réalité, avec prison d'amour et belle geôlière (car de la beauté d'Aricie, au moins, je n'ai jamais eu la lâcheté de douter).

Ces rails, et les arbres à papillons qui poussaient là, nous emmenaient où nous voulions, mais nous ne savions plus où aller. Au bruit des trains nous accordions la puissance d'une musique planétaire qui nous faisait rouler, *hoboes* de carte postale, à travers la Grande Prairie de nos rêves enfumés… et puis Arcueil s'est terminé aussi. Plus personne ne payait le loyer ni l'électricité, il n'y avait plus rien à manger et chacun s'est retrouvé de plus en plus seul. La vie commune n'était plus grand-chose d'autre que des nuits passées à jouer aux cartes en fumant de l'herbe. Marielle avait trouvé une excellente parade à la déconfiture générale : elle était enceinte. Comme sans doute Aricie l'était de Samuel.

Et quelques mois plus tard, j'avais appris qu'il construisait un bateau, avec d'autres, pour faire le tour du monde. Alors là c'était si fantastique comme projet, c'était une si belle aventure que j'en brûlai de jalousie – non, pire que ça, l'*envie* me dévora. J'en fus pétrifiée. Paralysée. Des gens s'aimaient encore assez pour se lancer dans un voyage sans limite à travers le monde, et moi je m'empoisonnais, je redevenais celle qui ne peut rien faire, qui reste sur place.

J'avais trouvé refuge dans un groupe de femmes radical, qui allait peu à peu virer à la secte homosexuelle sous l'influence d'une gouroue pseudo-psychanalyste. J'avais été séduite par la vivacité d'esprit de cette petite femme laide et charmeuse, douée d'un bagou fantastique, qui nous proposait rien de moins qu'inventer une langue et tout un univers mental et libidinal, comme on disait alors, dont nous aurions réussi, à force de critiques et d'autocritiques, à extirper le patriarcat. Au début, elle venait me voir à Arcueil dans sa TR4 vert bouteille et m'emmenait déjeuner dans une auberge à la campagne, comme un vrai petit don juan en gilet noir et bottines à talons. Et ce mélange de drague masculine et de discours antiphallocrate, la belle voix rauque qui sortait de ce corps replet et ses manières caressantes me fascinaient autant qu'ils me donnaient envie de rire. Un an plus tard, cette aventure-là, comme les autres, avait tourné à l'aigre farce. Usant et abusant de son pouvoir de séduction, la gouroue manipulait les esprits sur son divan et les corps dans son lit, éblouissait les intellectuels à la mode du moment, tout en accumulant propriétés immobilières et pierres précieuses, dont elle disait « raffoler », grâce à la générosité d'une richissime adepte.

Quand je quittai le groupe deux ans plus tard, ou plutôt quand j'en fus exclue pour refus d'abjurer mon hétérosexualité, j'étais absolument seule. Je ne connaissais plus personne à part Antoine, le seul être de genre masculin que je n'avais pas cessé de voir. Et je continuai de couler, dans une sous-vie grise, de bureau cette fois. Cela me semblait normal, je n'avais même pas l'idée que cela puisse être autrement. J'avais si bien intériorisé le retour de bâton que tout esprit de rébellion m'avait quittée : puisqu'on renonçait à rêver, autant le faire à fond, que ce soit le plus ennuyeux, le plus terne possible. Il était encore assez facile de trouver du travail, dans ces années-là, et j'avais obtenu sans mal un poste dans une maison d'édition qui publiait des annuaires et des livres de droit. Ce truc qu'on me serinait depuis l'enfance, qu'on n'est pas là pour rigoler et que la vie est un séjour plutôt ennuyeux, principalement meublé de renoncements et de corvées – eh bien ce truc-là était vrai, finalement !

Au bureau, je m'endormais la tête posée sur une pile de dictionnaires et la nuit je rôdais, avec Daphné et sa bande de pieds défoncés, dans les grandes carcasses métalliques des vieilles Halles désaffectées, puis, quand elles avaient été démolies, autour et au fond du trou creusé pour le chantier du Forum. La nuit on pouvait presque avoir l'illusion que la joie, l'air de la liberté, les inconnus qui se parlaient à tous les carrefours, tout cela s'était juste un peu éloigné. Les pavillons Baltard étaient d'extraordinaires fabriques à rêves, comme cette énorme crevasse dans la terre jaune où stagnaient des mares d'eau de pluie.

Dans le train du retour, la seule place libre est à côté d'un grand costaud qui déborde largement de son siège. On devrait inviter l'oncle Éric, dit l'homme d'une voix aussi envahissante que ses cuisses, tout en les écartant un peu plus pour se mettre à l'aise. Ça arrondira les angles avec les cousins d'Argentine. Il est boudiné dans un pantalon kaki et une chemisette blanche qui dévoile, par transparence, une pilosité de babouin. Je tente de le poignarder d'un regard courroucé, auquel il répond par un sourire suave et surpris. Avant même d'être arrivée à Denfert, je cesse de lutter contre la cuisse qui se colle chaque seconde un peu plus à la mienne, me ramenant sans merci au temps présent.

— Je ne sais pas, dis-je, le nez en l'air. Il y a une électricité dans l'air, ces jours-ci – tu sens ?

Les coudes posés sur le comptoir du *Nuage*, je regarde par la vitre un coin de ciel qui crépite au bout de la rue.

— Oh non, grommelle Marcelle. Pas tellement.

Comme elle secoue la tête, les pendentifs qui frôlent ses épaules se balancent, petits serpents vert émeraude chargés d'éclairs. Debout devant le passe-plats, elle tranche des pommes de terre en frites à l'aide d'une petite guillotine chromée et répond d'un hochement de tête aux « Ciao Marcelle » des trois derniers clients du matin. Je me demande pourquoi on a changé de place l'affiche du Film maudit, qui n'est plus collée sur le mur du fond mais sur le pilier près des toilettes, quand la porte s'ouvre d'une secousse grinçante. C'est Paul. Souriant, ravi, slalomant comme un patineur entre les tables, pirouettant autour de Marcelle si surprise qu'elle lâche sa pomme de terre et lève les bras, et il en profite pour l'attraper par la taille et la faire tourner avec lui (tandis que de la cuisine nous parvient, en sourdine, une version rock de *Que sera sera*), susurrant à son oreille *Will we have rainbows ?*, respirant l'odeur de ses cheveux –

— Mais ça va pas la tête, le repousse Marcelle.

Sèchement elle détache la main importune, toise l'idiot, jette les épluchures dans le cageot vide. Et tandis que Paul se dirige vers moi, je vois le pas de patineur s'inverser, au ralenti, en erratique et confuse danse de l'araignée.

— Quoi de neuf, dis-je à mi-voix.

— Oh je ne sais pas, exhale Paul en arrachant les bretelles de son sac à dos. Franchement je ne sais plus.

Des rides se bousculent sur son front, par vagues tumultueuses. Avec une expression si absente qu'elle frôle la stupidité, il fixe un moment la vitre dépolie de l'ancienne cabine téléphonique, où sont maintenant entreposés les ustensiles de ménage, puis abaisse sur moi des yeux vides.

— De toute façon j'aime Carole, ajoute-t-il d'une voix précipitée. Par moments je me croirais dans vos histoires d'amour libre. C'est absurde. C'est terrifiant, on ne peut pas vivre des trucs pareils.

— N'exagérons rien, dis-je.

— Tu es probablement, lui dis-je, victime d'un léger accès de folie. Ou de lucidité. Ou, qui sait, des deux à la fois. Rien de grave, tu en sortiras bientôt. Ou pas. Comment prévoir avec toutes ces mutations en cours, comment deviner ce qui peut arriver dans nos vies ?

— Mutations ? marmonne Paul du ton de quelqu'un qui a une soudaine baisse de tension. En cours ?

Sur quoi, d'un mouvement brusque que rien n'annonçait, il plonge vers le sac posé à ses pieds et en extirpe un livre, un petit format étroit et long qu'il me tend. La couverture, en souple carton bistre, est recouverte d'un bord à l'autre d'énormes formes noires dont on ne comprend pas tout de suite qu'elles sont des lettres, puis quelles lettres elles sont et quelles syllabes elles forment pour, collées les unes aux autres, composer le titre du livre. Mez-zo-gior-no. *Mezzogiorno.*

— J'ai revu Sam Rothberg hier, explique Paul. Quand il a su que nous étions amis, il m'a donné ça pour toi.

À cet instant s'approche Qiao, spectaculaire en ciré rouge feu et talons aiguilles. Se hissant sur le tabouret libre entre celui de Paul et le mien, elle nous offre un sourire plein de chaleur. Mais Paul doit filer à la fac. Il me propose de me déposer quelque part et ça tombe bien, dis-je, j'ai justement rendez-vous du côté de la Villette.

Dans la voiture, j'attends qu'il ait démarré pour feuilleter le livre. Une petite carte multicolore en dépasse, à l'enseigne de l'*Hôtel Esmeralda, 4 rue Saint-Julien-le-Pauvre, en regard de la cathédrale Notre-Dame de Paris.* Et au dos de cette carte, un numéro de téléphone portable. L'écriture est la même, en plus désordonné peut-être, ou plus pressé. Je la glisse dans une poche de mon sac.

Rue de Meaux, Paul freine brutalement. À quelques mètres, un type maigre et voûté, le crâne dégarni strié de fines mèches grises, s'affaire à déverrouiller les portes arrière d'un camion de livraison. Tandis que nous le regardons signaler du pouce qu'il n'en a que pour une minute, puis ouvrir les lourds battants comme les pages d'un géant album, Paul, volubile et bouillonnant, me raconte sa rencontre avec Sam. Ils avaient bien failli se rater. Sam lui avait donné rendez-vous dans un café situé place de la Bastille, ignorant ou négligeant qu'une manifestation y était prévue ce jour-là. Quant à Paul, il n'avait pas voulu paraître alarmiste en proposant un autre endroit. Comme il le craignait, le café en question était envahi par une cacophonie extraordinaire, les réseaux téléphoniques saturés, et pour tout simplifier l'orage grondait. Ils avaient erré chacun de leur côté dans la cohue. Les rangs de manifestants s'éparpillaient soudain en bandes voltigeuses, se mêlant dans une proximité incompréhensible aux CRS eux-mêmes plus ou moins débandés, en tout cas pas regroupés en formation comme on l'attendrait d'un groupe tactique convenablement entraîné, aux innombrables journalistes qui filmaient et aux curieux, badauds, touristes photographiant tous azimuts avec leurs portables, mi-hébétés mi-excités par le vacarme des explosions de grenades mêlées aux coups de tonnerre et à la clameur ambiante.

Paul me décrit certains manifestants au visage masqué d'un foulard, capuche rabattue, qui circulaient au contact des CRS, traversant parfois leurs unités sans se presser ni être inquiétés jusqu'à ce qu'un gendarme, comme au hasard, en saisisse un par le col, le matraque, aussitôt rejoint par deux ou trois collègues qui lui prêtaient renfort, puis traîne le corps plus ou moins inerte derrière une ligne compacte d'hommes en tenue de combat bleu marine, brandissant bombes lacrymogènes et flash-balls pour éloigner les spectateurs. L'instant d'après, c'était une jeune fille casquée en short à franges, jolies jambes de danseuse, qui singeait le salut fasciste devant une brigade chargeant au petit trot dans la rue de Lyon, un syndicaliste en gilet rouge, banderole roulée à la main, se penchant l'air blasé pour relever un manifestant à terre, à côté d'un CRS lançant une grenade à main avec le même geste vertical que l'homme aux cheveux blancs qui, à côté de lui, levait haut son téléphone pour filmer l'explosion. À plusieurs reprises, Paul croisa un garçon au visage sanglant, qu'un gendarme d'un gabarit particulièrement impressionnant baladait devant lui, le tenant par sa capuche comme un chien au bout d'une laisse, dans l'indifférence générale.

Finalement, quand vers sept heures le tumulte commença à faiblir, ils réussirent à s'appeler. Ils se retrouvèrent boulevard Bourdon, l'un venant de la Bastille, l'autre du jardin des Plantes où Paul, peu amateur de guérilla urbaine, était allé prendre l'air. Ils s'assirent sur un banc dans le calme retombé, le ciel lui-même redevenant pur et d'un bleu presque outremer.

— Mais enfin, s'interrompt Paul, qu'est-ce qu'ils fabriquent ?

Sursautant, je lève les yeux du livre dont je regardais la couverture, ou plus précisément la photo qui se trouve au dos de cette couverture. Le livreur qui a arrêté son camion au milieu de la rue sort, poussant un diable vide, de la boutique d'électronique où il est entré bien plus d'une minute auparavant. Sur sa gauche gesticule un grand gaillard à lunettes miroir, sans doute un conducteur furieux – il attrape le livreur par le bras, l'autre se dégage en haussant les épaules. Le ton monte, les klaxons se déchaînent derrière nous, dans les rues adjacentes. L'embouteillage s'étend maintenant jusqu'au milieu du carrefour et en tous sens. Impossible de reculer. Paul remonte sa vitre, me faisant signe de l'imiter. En attendant que ça se calme, dit-il, il a une anecdote amusante à me raconter sur Rothberg.

— On est donc assis sur ce banc, on discute de choses et d'autres, c'est là que j'apprends que vous vous connaissez, que vous vous êtes connus à une certaine époque, et qu'on commence à parler de toi. Il me demande comment tu vas, et je lui dis que tu as toujours la même dégaine, un peu montée en graine. Ça l'a fait rire.

— Vraiment ? dis-je. Mais toi et moi on ne se connaît pas depuis si –

Je m'arrête et me mets à rire moi aussi, sans trop savoir pourquoi.

— Et puis, reprend Paul, voilà qu'à un moment Rothberg ouvre son blouson, et je vois qu'il a autour du cou… des lunettes de piscine ! Tu saisis ?

Oui oui, fais-je d'un hochement de tête, tout en surveillant la querelle du coin de l'œil.

— Je commençais à sentir son côté motard un peu gouailleur, coloc de l'ermite écrivain, mais là quand même, je suis un peu surpris. Et juste à ce moment-là un fourgon de police passe sur le boulevard, ralentit, il roule presque au pas en arrivant près de nous – le conducteur a les yeux braqués sur les lunettes de piscine, bien visibles dans l'ouverture du blouson de Rothberg. Qui continue à me parler de votre histoire, il n'a pas l'air de saisir ce qui se passe. Il veut savoir ce que tu fais, où tu vis. Finalement les flics ne s'arrêtent pas et je lui demande s'il sait qu'il pourrait être interpellé rien que pour ça – hé ! s'interrompt-il en ouvrant sa fenêtre, mais hé…

Profitant de l'algarade, un autre grand diable surgi dans le dos du livreur, sur la droite, vient de plonger dans le camion et en ressort, les bras chargés de trois grands cartons plats. Alerté par les exclamations de Paul qui rouvre sa fenêtre, sort le bras puis la tête, le livreur balance – vlam – une porte du camion dans le dos du voleur et du même élan, se retournant, claque deux fois l'autre battant sur le nez de l'homme aux lunettes miroir – vlam vlam –, tout ça avec une telle maestria qu'on entend la grande claque et les os craquer avant les cris de douleur des deux nigauds qui détalent, l'un le visage en sang, l'autre se rétablissant après un vol plané sur le capot d'une Volvo. Alors le livreur adresse un joyeux clin d'œil à Paul, ramasse sans se départir de son flegme les cartons gisant sur la chaussée, les remet dans le camion. Referme les portes, se recoiffe d'un rapide coup de peigne. Puis remonte, plein de paisible distinction, derrière son volant et démarre.

— Rothberg m'a aussi raconté, ajoute alors Paul, comment son amie de l'époque et toi, vous aviez décidé ensemble de son sort amoureux. Je dois dire qu'à moi non plus, ajoute-t-il en souriant, ça ne m'aurait pas plu…

— Comment ? dis-je. Qu'est-ce que tu racontes ?

Il y a quelques années, on pouvait encore pester contre les oiseaux dont les concerts à pleins gosiers vous réveillaient dès l'aube, pour peu qu'on ait le sommeil un peu léger. Depuis qu'ils ont disparu on en vient à se réveiller, à cette même aube, pour regretter de n'avoir jamais appris à les distinguer ni à les nommer. Sauf quelques-uns, les plus simples à identifier, comme les mésanges charbonnières, dont la livrée – plastron jaune, jaquette grise, bonnet noir et joues blanches – est impossible à confondre avec d'autres. Ainsi que les merles bien sûr, qui année après année faisaient leur nid dans le cerisier des voisins – le mâle un peu frimeur avec son bec jaune pétant et son plumage imitation corbeau, la femelle condamnée à un terne gris (équivalent merlesque du voile, pour épargner aux mâles les tourments de la tentation ?) et les rejetons sans jugeote qui de temps à autre venaient se cogner à la grande vitre de la cuisine – les merles eux aussi ont disparu. Ne s'obstine à survivre que le couple de faucons installé dans les tours de l'église voisine, gargouilles ailées poétisant un peu sa laideur néo-gothique, quasimodos volants qu'on peut certains soirs voir planer haut dans le ciel – preuve que les souris et les rats, eux, ne sont pas encore tous exterminés. Et ces autres rats pourvus d'ailes, les cahotants pigeons qui sous leurs faux airs de colombes grises ressemblent chaque jour un peu plus à des charognards. Peut-être les pigeons appartiennent-ils à une espèce mutante, qui prospère en se goinfrant de microparticules et de pesticides ? Tout en balayant les tommettes de la cuisine j'en regarde un, toute gorge dehors, qui se dandine sur le perron en dardant de vilaines petites billes noires cerclées de rouge sur mes pieds nus, comme s'il projetait de les becqueter. Observer sa pavane satisfaite serait une manière comme une autre de me préparer à réattaquer cette autre forme de laideur déprimante : le texte de l'adaptation ratée.

Seulement voilà, *Mezzogiorno* est venu tout chambouler.

Comme par hasard, juste au moment où j'avais décidé de laisser tomber l'enquête et le projet de scénario, Samuel me fait parvenir ce livre, qui est un récit de notre voyage en Calabre. Après avoir quitté Paul, j'ai enfoui le volume dans mon sac et suis allée à mon rendez-vous. Mettez-vous de profil, disait la radiologue. Je frissonnais en me collant contre la surface froide de l'appareil, et en même temps je pensais que ce livre, m'atteignant à ce moment précis, était un signe. Tournez la tête, levez le bras. Un peu plus haut. Les plaques de verre se rapprochaient, me pinçaient le sein. Un message qui me parvenait en différé, avec un retard de quelques dizaines d'années. Ne bougez plus. Ne respirez plus. Moi que les superstitions et autres croyances irrationnelles font ricaner, je trouvais la coïncidence trop curieuse pour en être une, et cela m'intriguait au point que je ne me souciais nullement des résultats de la mammographie.

Mais surtout, la nouveauté la plus troublante, qui bouleverse radicalement la tournure que prenaient jusque-là les mésaventures de la jeune fleur bleue, c'est que dans *Mezzogiorno* ce voyage est décrit comme un pur moment d'amour et de joie.

Avant celui-ci, je n'avais lu qu'un livre de Samuel Rothberg, trouvé il y a des années dans la bibliothèque d'une amie. De loin en loin, j'entendais parler de lui. Je savais qu'il s'était mis à écrire – des textes hybrides, à la fois essais ethnographiques et carnets de route. J'évitais de me renseigner, je ne voulais pas en savoir plus sur Rothberg l'écrivain que ce qui me parvenait par hasard. Ce livre-là, traduit en français, était un essai sur la poétique de la Terre, au début duquel Sam évoque son enfance à Madagascar – une enfance plus souvent pieds nus que chaussée, à apprendre par ces pieds nus, par les mains, la bouche, les yeux, tout ce que la rouge latérite, l'argile tapissant les étangs, les mousses rugueuses sur les rochers et le ciel, les mouches et les abeilles, les oiseaux et les zébus avaient à partager et à lui faire connaître de sa place parmi eux. C'était plus qu'il ne m'en avait jamais dit, mais je n'avais pas été surprise. Il est vrai que moi aussi je vis sans chaussures dès que je le peux, et reçois toujours avec intérêt les messages de mes pieds.

Mezzogiorno est en anglais. Pourtant je l'ai lu sans difficulté, en traduction instantanée. Dans le récit de Sam l'autoroute qui nous emmène vers le sud de l'Italie devient une piste d'envol – « soudain nous roulons sur une autostrade suspendue au-dessus de la baie, un ruban de béton déplié dans la lumière du Mezzogiorno, d'où la vue s'étend sur une côté ciselée contre la mer » –, et les trois voyageurs (Frances n'existe pas dans sa version de l'histoire) sont portés par de constants fous rires qui les font voler en enfance : « Car c'est bien ce dont il était question dans cette période de presque-songes : faire coïncider rêves et désirs dans l'instant. Ne jamais débander en somme. Continuer à voler tant que le soleil ne nous brûlerait pas les ailes. »

Les presque-songes, Samuel raconte qu'il les emporte avec lui depuis qu'il est petit : ils lui viennent d'un poète malgache, Jean-Joseph Rabearivelo, qu'il avait découvert un jour à la bibliothèque de Tananarive. Il en parle comme d'une technique d'existence, une manière d'habiter le monde en saisissant ces moments, dans nos journées ou dans nos vies, où l'on peut faire glisser le rêve dans la réalité et réciproquement – à condition, bien sûr, de s'y prendre avec assez de délicatesse. « Nous rions de plus belle. Nous ne sommes pas en train de rêver, nous ne rêvons certainement pas d'un monde meilleur.

Nous sommes dans notre rêve. Nous ne bâtissons pas un monde nouveau. Nous sommes dans ce monde. Il n'y a qu'un monde et nous l'avons conquis par le rêve le temps qu'il a bien voulu se laisser envahir. »

Dans ces moments, écrit Sam, « où les impressions du rêve nous poursuivent jusqu'en plein midi, nous savons bien vers où nous roulons, nous savons que ce n'était qu'un rêve et que, comme le gosse du square, nous n'attraperons pas le pigeon mais, avec un peu de chance, nous attraperons un nuage de ce rêve capricieux et nous nous en nourrirons le temps d'un matin ou celui d'une existence ».

En lisant ces lignes, je revivais certains moments de ma propre enfance où j'expérimentais, je m'en souviens physiquement, mon corps s'en souvient, une manière de voler, ou de m'envoler sans quitter la terre de beaucoup, plutôt de glisser si vite que je décollais sur la lancée de ma course – comme plane un skate-boarder, sa planche collée aux semelles – et de ne retomber sur la pointe d'un pied que le temps de me relancer en l'air. Une sorte de marche volante, que je pratiquais en dévalant les escaliers de mon immeuble d'enfance, littéralement quatre à quatre, et dès qu'une pente m'y invitait.

« En ce qui nous concerne, écrit Sam à la fin du livre, nous avons bien volé sur les autoroutes du Mezzogiorno, nous avons beaucoup ri de choses graves autant que d'insignifiantes et surtout de nous-mêmes ; et nous nous sommes aimés sans mollir. »

Cette vision du voyage en Calabre est si puissamment joyeuse, d'une joie et d'une tristesse si lumineuses qu'aussitôt elle a relancé, que je le veuille ou non, l'enquête interrompue. « Neufs et ivres, écrit-il dans des termes étonnamment proches de ceux du carnet rouge, sur cette plage de Reggio nous redécouvrons, Juk et moi, le commencement du monde. » Que dirait-il du reste de l'histoire, de ce qui s'est passé entre nous, avant, après ? Quelle serait sa version des infortunes de la fanfaronne, y reconnaîtrait-on celles qu'elle raconte dans son journal ? Ces questions, c'est *Mezzogiorno*, autrement dit Sam Rothberg, qui les relance maintenant.

Et puis il y a l'anecdote relatée par Paul au moment où je m'apprêtais à sortir de sa voiture, autre rebondissement inattendu qui pourrait faire une chute amusante pour le scénario. Me voyant sidérée par ce qu'il venait de m'annoncer, il s'était garé sur un bateau le temps de me raconter la chose suivante, qu'il tient de Sam : au retour de la caserne où celui-ci était parti se faire réformer, après la nuit de la petite chèvre donc, Aricie lui avait annoncé qu'à ma demande nous nous étions rencontrées pendant son absence, désireuses d'en finir avec le pouvoir d'un homme divisant les femmes pour mieux régner. En conclusion, elle l'invitait à « aller » avec moi, elle-même n'en ayant « plus rien à foutre » de leur histoire. Pur mensonge – nous ne nous étions jamais adressé plus de quelques mots – mais d'une ingéniosité percutante : furieux de ce complot dont il me croyait responsable, Samuel avait décidé de rompre avec moi pour de bon.

Si cette version de l'histoire est vraie, la silencieuse *brunette* (comme disent les Américains, mon cher Sam) avait fabriqué, grâce aux arguments féministes que je défendais avec ardeur, ceux-là mêmes qui attisaient le feu entre Sam et moi, un piège raffiné en forme de boomerang. Et moi la guérillère, n'ayant su me battre jusqu'au bout ni par amour ni pour mes convictions, j'avais perdu sur tous les tableaux. C'était brillant, digne des *Liaisons dangereuses*, et d'une élégance qui traverse le temps comme une flèche : à ma grande surprise, j'en éprouve rétrospectivement une certaine curiosité, voire de l'admiration pour l'habileté et la vaillance d'Aricie. Pourquoi n'aurait-elle pas menti pour m'éliminer du jeu, moi qui, prétendant à la solidarité entre femmes, ne faisais aucun cas de son tourment ?

Rien ne dit, bien sûr, que les choses se soient réellement passées ainsi – Sam a peut-être la mémoire qui flanche, ou ses raisons pour raconter l'histoire de cette manière. Paul a pu déformer ses propos. Mais cela n'a, en définitive, que peu d'importance. Cette révélation tardive, explosant comme une bombe comique presque cinquante ans après, offre à l'aventure une conclusion ironique à souhait, qui tord le cou au pathétique larmoyant. Que demander de plus au passé ?

Un titre.

Le titre du scénario : je l'appellerai *69*. Ça s'impose, c'est une évidence. 69 comme l'âge que j'ai aujourd'hui, 69 comme la fin de la nuit de la petite chèvre. 69 comme ce qui nous unit/sépare, la fanfaronne et moi. Le chiffre que dessinent passé et présent, imbriqués l'un dans l'autre.

C'est à ce moment-là que je me rappelle la carte sur laquelle Sam a inscrit son numéro de portable. Son message enregistré est en anglais, ce qui me paraît étrange et drôle, et je lui en laisse un en anglais moi aussi, en exagérant mon accent.

Sur le chemin du *Nuage*, j'ai rencontré un bébé. Il y avait quelqu'un dans son sillage, bien sûr, mais l'intensité de sa présence était assez fulgurante pour effacer tout ce qui l'entourait, si bien que par la suite je fus incapable de me rappeler quel genre d'adulte, jeune ou vieux, grand-parent ou baby-sitter, poussait la poussette à quelques pas derrière lui. De même, ce bébé n'avait pas de sexe ni de genre bien défini, du moins que j'aie pu discerner. Mais qu'il soit un garçon ou une fille n'avait, en l'occurrence, aucune espèce d'importance. Il, un *il* neutre donc, qui serait aussi bien une *elle* – mais dire ou écrire chaque fois « il ou elle, elle-il », quelle barbe ! Disons donc que cet il-là possède autant de gamètes femelles que mâles et passons à autre chose –, il devait avoir entre quinze et dix-huit mois. Sa marche n'était pas encore parfaitement assurée. Il avançait sur le trottoir, étroit à cet endroit-là, et ce seul fait de poser un pied puis l'autre et d'avancer tout seul, sans contrainte ni guide, lui procurait une joie pas moins bouleversante sans doute que celle de John Glenn posant le pied sur la Lune – joie qui donnait à son regard, à tout son visage un éclat, une intelligence, une audace presque effrayants, dont l'éclat se diffusait non seulement sur le mince trottoir mais dans toute la rue. Que se passerait-il ensuite, me suis-je demandé, que se passera-t-il presque inévitablement dans la vie de ce bébé pour qu'il devienne une femme ou un homme empêtré de contradictions, paralysé de peurs et rongé de poisons intérieurs ?

Et comme je pousse la porte du café, je découvre une autre source d'étonnement plus confondante encore. C'est bientôt l'heure du déjeuner, il y a du monde et j'aperçois d'abord Marcelle qui s'affaire derrière le bar, épaules déliées, nuque fine et gestes brusques, jusque-là rien d'inhabituel. Mais assis de l'autre côté du zinc, côte à côte chacun sur un tabouret, se trouvent Daphné et Antoine. Et ça, c'est assez imprévu pour que je m'arrête un moment près de la porte, le temps de tout photographier mentalement. Couramment la plus matinale, j'avais été un peu surprise que Lange ait déjà quitté la maison quand je suis descendue, sans y prêter plus d'attention que cela. Il porte sa vieille veste de lin écru, qui lui va bien, et un pull anthracite. Il s'est rasé et même coiffé. Daphné, emballée dans sa parka déformée, arbore un sourire, inquiet et soucieux mais sourire quand même, qui métamorphose son maigre visage.

Je ne crois pas qu'Antoine et Daphné se soient jamais reparlé après l'attentat. Il sait que j'ai continué à la voir régulièrement, depuis qu'elle est sortie de Villejuif, et ne m'a jamais posé la moindre question à son sujet. Évidemment, il est assez débrouillard pour trouver son adresse sans me la demander, mais tout de même quelle scène étonnante – je fais un vague signe que personne ne remarque et je vais m'installer à l'autre bout du bar, près de Qiao qui attaque un pan bagnat, pour ne pas m'en mêler.

Du coin de l'œil je vois Daphné dire quelque chose à Marcelle, qui ne réagit pas. Puis Antoine, à son tour, se met à parler. Quand Marcelle se retourne, pâle, les yeux cernés, la peau encore plus diaphane que d'habitude, elle semble de toutes ses forces tenter de contenir, de maintenir comprimée dans sa cage thoracique une chose violente qui l'envahit et veut jaillir d'elle tel un alien monstrueux.

À ma gauche, une femme taxi que j'ai déjà vue deux ou trois fois au *Nuage* raconte à son voisin sa dernière course. Elle passe et repasse une main nerveuse dans ses cheveux gris presque en brosse. Sa voix est basse, fatiguée, alourdie par un accent parigot très années 50.

— J'l'ai chargé au pied de Notre-Dame, dit-elle. Il était furax d'avoir grimpé quatre cent vingt-deux marches pour rien. Pas moyen d'se tuer d'là-haut, il m'a dit. Conduisez-moi dans un endroit d'où qu'on peut s'jeter. Un pont, une tour, je m'en fous – vous êtes taxi, non, vous d'vez connaître ? Je l'ai regardé dans l'rétro. C'était un type quelconque, avec une tête quelconque, même pas l'air tellement désespéré – tu m'passes le sucre ?

Me tournant à moitié vers l'autre extrémité du bar, je vois qu'Antoine continue de parler, s'adressant tour à tour à la mère et à la fille.

— Et comme je faisais celle qui l'prend à la blague, poursuit la femme taxi, y m'a dit n'en faites pas une affaire personnelle, vous n'y s'rez pour rien et je n'sauterai pas sous vos yeux. De toute façon je finirai par trouver, alors pourquoi que vous me feriez pas gagner quelques heures ?

D'une voix plate, le voisin demande :

— Et tu l'as laissé où, finalement ? À la tour Eiffel ?

— C'est pas drôle, estime Qiao, penchée sur le zinc pour suivre la conversation.

Il me semble que récemment encore elle aurait dit *dlôle*, mais depuis quelques mois Qiao prend des cours de français au centre social du boulevard.

— Remarque, ajoute le voisin du ton qu'il emploierait pour comparer deux marques de pastis, le plus sûr à tous les coups c'est la passerelle des Buttes-Chaumont. C'est pas pour des prunes qu'on l'appelle le pont des Suicidés.

Je scrute la nuque de Marcelle dans la glace, m'efforce d'analyser la courbure du cou, la tension des épaules, le complexe fouillis de mèches blondes. Toujours dans la glace, je vois qu'Antoine me fait signe, agitant les bras en ciseaux au-dessus de sa tête avec un entrain insolite.

Il vient vers moi, dit qu'il ne m'a pas vue arriver. Il entoure mes épaules de son bras, et pour une fois je n'ai pas envie de l'envoyer promener. Impossible, avec cette joie malicieuse qui brille dans ses yeux.

— Je crois qu'elles vont se parler, dit-il avec une fierté contenue.

Et en effet, indifférentes à l'agitation ambiante, elles se font face – Marcelle, les coudes appuyés sur le zinc, Daphné en retrait sur son tabouret, le dos voûté – et elles se parlent. Je presse la main d'Antoine, toujours posée au creux de ma clavicule. L'envie me prend de le serrer dans mes bras au moment où, sobrement, il déclare qu'il a à faire, m'embrasse sur la joue et quitte le *Nuage*, la tête haute.

Dix secondes plus tard mon téléphone sonne. C'est Samuel. Sans phrases inutiles nous convenons d'un rendez-vous en fin de journée. Je lui propose, au petit bonheur la chance, un café rue Montorgueil dont je ne sais plus le nom. Au coin de la rue Mandar.

Daphné se dirige vers les toilettes et je me lève moi aussi, pour embrasser Annie et Suzanne qui débarquent à l'instant, annonçant la prochaine arrivée de Régine. Manque plus que Paul, me dis-je alors. Et pour parachever cette succession d'événements troublants, à peine ai-je pensé à lui qu'il entre, en coup de vent, et se dirige vers le bar à grandes enjambées élastiques. Marcelle le regarde approcher, avec une tête moins fermée que d'habitude.

— J'ai quelque chose à te montrer, lui dit Paul tout à trac.

— Mais enfin quoi, répond Marcelle, t'as deux enfants et une femme, non ? Qu'est-ce que tu veux encore ? une « maîtresse » ?

Elle mime les guillemets en gratouillant l'air de l'index et du majeur droits.

— Je ne veux rien, proteste Paul. Et toi, tu veux voir comment je sais bouger les oreilles ?

Et Marcelle dit vas-y, si ça t'amuse, et le regarde qui se plante devant elle, le cou tendu, et il fait indiscutablement bouger ses oreilles d'avant en arrière comme celles d'un lapin, comme le *White Rabbit*, et elle finit par rire, vaincue.

Là-dessus nous nous dirigeons, Suzanne, Annie et moi, vers une table pour quatre sous l'affiche du Film maudit, décidément nomade : elle est maintenant scotchée à la grande glace du fond. Il est midi et demi, le *Nuage* se remplit. Comme chaque jour, les jeunes employées de la banque d'à côté se précipitent sur la table qui jouxte la cuisine. Elles rient en taquinant Rémy qui, de l'autre côté du passe-plats, leur répond le moins possible. Profil d'éphèbe sous une masse de cheveux noirs bouclés, réputé ombrageux alors qu'il est surtout timide, sauf devant son piano, Rémy jouit dans le bas Belleville d'une réputation de beau ténébreux dont il se passerait bien.

Quant à nous trois, nous tentons assez mollement de reprendre la discussion de l'autre soir. À jeun, dans la lumière rabat-joie de cette journée sans soleil, ce n'est pas si facile. Suzanne et moi, nous passons en revue quelques idées. Créer un blog pour parler des Iraniennes qui sont arrêtées pour avoir retiré leur voile en public. Et de Nasrin Sotoudeh, leur avocate qui a elle-même passé des années en prison. De *Ni una menos*, un mouvement né en Argentine contre les meurtres de femmes, mal connu en France. Tout cela est nécessaire, c'est même vital, mais ça existe déjà.

— On n'a pas besoin de se réunir pour ça, ni de nous pour ça, constate Annie d'une voix terne.

— Tu as raison, dis-je. Notre truc à nous, c'est la surprise de se trouver rabattues dans un ghetto de vieux alors qu'on ne se sent pas vieilles du tout. La gêne, la révolte que cela inspire.

Les paupières lourdes, Annie fixe la carafe d'eau.

— Je suis crevée, avoue-t-elle. J'ai passé une partie de la nuit à travailler un nouveau matériau, et je n'ai pas encore trouvé la bonne technique. Non, répond-elle à nos regards curieux, je ne peux rien en dire pour l'instant. Juste que c'est un travail de force.

À Marcelle qui s'approche avec l'ardoise du menu, je demande comment on s'y prend, maintenant, pour faire circuler une idée. Quel genre d'idée, demande brusquement Marcelle, tout en lorgnant vers les employées de banque qui lui font des signes. On cherche comment participer au mouvement des femmes, être dedans au lieu de regarder les choses se faire. Parce que le retour de bâton, on le sait, n'est jamais loin. On a payé pour le savoir.

— Une *flash mob*, dit Marcelle.

Flash mob ? foule éclair, traduit-elle. Des gens se rassemblent très vite, par surprise, dans un lieu public et tous ensemble exécutent le même scénario, chantent et dansent la même chose, puis aussi vite ils se dispersent. C'est un peu ce que font les Iraniennes, quand elles grimpent sur un banc et agitent leur voile au bout d'un bâton… sauf que dans leur situation on est souvent une foule à soi toute seule. Bon je vous laisse réfléchir, s'éloigne-t-elle, c'est le coup de feu.

On se regarde, indécises. Un sabbat de sorcières, une danse de l'éternelle révolte ? Le piège saute aux yeux. On sait que c'est un sujet funambule, notre affaire – d'autres s'y sont cassé les dents avant nous.

— On avance sur un fil, dit Suzanne. Ils nous attendent au tournant, tous ces machos de cinquante ans, de trente, de quatre-vingts, avec leurs mitrailleuses à sarcasmes. Sans compter ceux qu'on trimbale dans nos têtes, hein ?

De l'autre côté de la vitrine, je vois se balancer la blonde chevelure de Régine. Encore plus blonde que l'autre jour, il me semble. Quand elle pousse la porte, quelques regards s'attardent sur sa panoplie d'élue du Nouveau Monde. Sourire affairé, smartphone à l'oreille, démarche énergique. Elle y croit, à sa nouvelle carrière, à la *start-up nation*… mais elle est là tout de même, entre un marché et une réunion de quartier. Vive, empressée.

— Tu resplendis, lui dit gentiment Annie. Il se passe quelque chose ?

Régine hésite. Avant-hier soir, quand elle s'était retrouvée seule, un intense vague à l'âme l'avait submergée. Subitement, elle voyait tout très clairement. Ce pauvre bonhomme de Rocco, énumère-t-elle, le trône où je l'avais placé, bien trop haut et trop magnifique pour lui, et combien ça m'arrangeait, heureuse ou malheureuse, d'avoir quelqu'un d'installé sur ce trône. Et ce qui me rendait tellement triste, l'autre soir, ce n'était pas que Rocco et moi on ne s'aime plus, mais de sentir l'idée même de l'amour me déserter. Vous voyez ? Si notre histoire était une comédie, un leurre, toutes les histoires d'amour sont des leurres. Pendant toutes ces années, j'ai cru à une chose qui n'existe pas, conclut-elle, voilà, c'est ça qui est désespérant et qui me désespère.

— Et c'est ça qui te donne une mine aussi superbe ? ironise Suzanne.

Dans le même mouvement où elle cessait de croire à l'amour, Régine avait compris qu'elle était trop bête de se morfondre pour quelque chose qui n'existait pas. Maintenant qu'elle avait eu le courage de regarder la réalité en face, autant en profiter.

Nous la fixons, curieuses de la suite.

— Et alors ? demande Annie.

Alors elle a pris rendez-vous avec un homme sur *Vivement demain*, un site de rencontres. Mais je vous raconterai ça un autre jour, abrège-t-elle avec une moue désinvolte. Puis, informée de nos tâtonnements, elle fait observer que ce qui nous réussissait, à l'époque, c'était de fuir le pathos. Méchantes mais comme des Sioux, programme-t-elle. Flèches empoisonnées à l'humour. *Maso et Miso vont en bateau*, vous vous souvenez ?

— Tu as raison, dit Annie en se massant les paupières. Et les gardes-chiourme, on les badigeonne de mépris.

Puis voyant dans la glace qu'elle vient de se faire une tête de Charlot aux yeux charbonneux, elle efface, humectant de salive un kleenex, les bavures.

Suzanne parle de son étonnement quand sa fille lui dit ce n'est plus de ton âge, des cheveux aussi longs. Annie rit de toutes ses dents généreuses, en effleurant du bout des doigts la chevelure de Suzanne – particulièrement soyeuse et bouclée aujourd'hui. Régine évoque un ami, pourtant plein d'esprit en général, dit-elle, qui ressasse à n'en plus finir cette vieille rengaine, « la vieillesse est un naufrage ».

Cela me rappelle *Irina Palm*, ce film fabuleux où Marianne Faithfull incarne une grand-mère londonienne qui cherche du travail pour payer le traitement de son petit-fils, atteint d'une maladie rare. Tout ce qu'elle trouve, c'est un emploi dans une sex-shop. Scandalisé, le père de l'enfant malade exige de sa mère qu'elle quitte cet emploi dégoûtant. Mais elle est devenue si experte que les habitués se pressent devant le *glory hole* où elle exerce, cachée aux regards, et que le patron du lieu, s'étant une fois glissé dans la file, en tombe amoureux d'elle.

— Une sorte de Cendrillon à l'envers, dis-je aux trois autres. L'héroïne mal aimée est une vieille dame en butte aux tracasseries de jeunes crétins, et le prince est un tenancier de sex-shop sur le retour, qui pour trouver l'amour doit comme tous les autres hommes essayer la main magique.

— Voilà ! s'exclame alors Annie. Voilà ce qu'on pourrait faire : un film. Un film-laboratoire, pour dire qu'on les aime, nos corps vieillissants. Ce qu'ils révèlent de nos vies, de nos aventures. De nos batailles, de nos défaites.

— Trouver un producteur pour ça, c'est pas gagné, fait observer Régine.

Suzanne semble perplexe.

— Je n'aimerais pas qu'on passe pour des obsédées sexuelles, objecte-t-elle.

— Mais pourquoi, obsédées ? Pourquoi avoir peur de parler de sexe, d'ailleurs ? Nos censeurs, n'est-ce pas de puritanisme qu'ils nous soupçonnent d'abord ?

— Il y a peu, raconte Régine, je suis tombée sur l'histoire d'une nonagénaire hollandaise qui, ne voulant pas mourir sans avoir fait l'amour avec une femme, avait contacté une agence d'escorts lesbiennes. Et à sa mort, quelques années plus tard, les « Vilaines Filles » – c'est le nom de l'agence – se pressaient à son enterrement.

— On a encore de beaux jours devant nous, rêvasse Annie.

Nos têtes sont pleines d'anecdotes de ce genre. On démarre une collection de belles centenaires – et de flamboyants vieillards, car bien sûr nous ignorons la misandrie. Cela nous occupe tout le temps du déjeuner, jusqu'à ce que, le *Nuage* se vidant, chacune se résigne à repartir vers son travail. Et sans très bien savoir où cela nous mènera, nous décidons, en nous quittant sur le trottoir, de continuer la discussion.

— À un moment ou un autre, dis-je en embrassant Régine, il faudra bien qu'on aborde le chapitre de nos histoires d'amour. Que l'on y croie ou non, ma vieille.

Quand on y entre par Réaumur et par un tiède crépuscule comme celui-ci, la rue Montorgueil n'a aucun mal à vous faire croire que là-bas, à son embouchure, on butera toujours sur le gros ventre des Halles – sur cette énorme panse grouillante d'odeurs, d'ordures et de cris, ficelée comme un pantagruel par des cohortes de fourmis nourricières – et qu'avec la même ivresse, le même écœurement on se laissera de nouveau submerger par les fades relents de carcasses sanglantes, par les effluves de marée et les kyrielles des marchands. C'est du moins le cinéma que je me fais pour l'instant, les yeux braqués sur les anciennes façades et leurs variations lumineuses, sur les oiseaux sans nom qui foncent dans la trouée, rasant les crânes à contre-jour. Jusqu'au moment où, parce que j'approche du café où nous avons rendez-vous, je ne peux plus ignorer l'ultra-moderne gentry parisienne qui occupe aujourd'hui le quartier, suffisante avec juste la bonne dose d'auto-ironie, riant et parlant haut mais pas trop, regards froids scannant les passants de leurs yeux morts-vivants. Petite foule avide de figurants attendant qu'une voix leur dise : Action ! – ou plutôt *Action !* – oui, plutôt une production américaine, tous si impeccables, conformes et uniformes que personne n'y croit. Pas moi en tout cas. Quelle idée de lui donner rendez-vous dans cette rue… Le *Nuage* était exclu, évidemment. Mais cet endroit si radicalement vidé de son ancienne substance, si tristement retourné en son insipide contraire – quel sens cela pouvait-il avoir ?

De loin je le repère à la terrasse du café, seul à une table au milieu des groupes bruyants. J'inspire à fond. Je souris de le reconnaître tout de suite et cela me dénoue quelque peu le ventre. Plus sec, presque raide à force de se tenir droit. Cheveux très courts, sans couleur (disparu le roux flamboyant), longues rides, visage sévère ou tendu.

Et je vois distinctement, même à cette distance, qu'il m'aperçoit au même moment et aussitôt détourne les yeux.

— Ça fait un bail, dis-je tandis que Sam se lève et que je me penche et qu'on s'embrasse à mi-chemin, avec de petits rires confus.

Je reconnaîs la peau, la charpente du corps, la même, sans graisse. Je suis étonnée de le voir vieilli, cherche ce que ça change. Ces rouflaquettes de voyou qui frisent devant ses oreilles ? Boire, vite boire quelque chose de fort pour dissiper la gêne. Mais au garçon qui par chance passe à proximité, je ne demande d'une voix calme qu'un verre de bourgogne rouge.

— C'est drôle, hein ? dit Sam quand nos regards se percutent et dévient encore.

Il rit. Son rire aussi, exactement le même. Entier, enfantin – assourdi par une sorte de réserve – ça aussi je reconnais.

D'instinct on s'épargne les banalités, l'aisance artificielle ou la blague forcée. Mais comme il faut bien dire quand même quelque chose on s'intéresse à Paul notre entremetteur, notre *go-between*, et s'il le connaît peu Sam approuve résolument, hochant la tête, les phrases que je déploie pour évoquer le chercheur, sa générosité, sa passion pour les contre-cultures. Notre vif enthousiasme pour Paul détonne avec la retenue de nos regards l'un pour l'autre, que ni lui ni moi ne pouvons ignorer et qui ne nous facilite pas les choses. Après un autre silence embarrassé, on parle un peu d'Antoine. À une remarque qu'il fait, discrète, je comprends que Sam est au courant pour l'agression. Je dis que je vis chez Antoine, sans entrer dans les détails. Il ne pose pas de questions. Mais se souvient qu'un jour, tous les deux, ils avaient parlé d'un film à faire sur Renault-Flins. Fugacement, je revois les pièces mansardées de la rue des Martyrs, le matelas à même le sol et l'affiche « Ne me libérez pas, je m'en charge »… Je m'en étais chargée, c'est sûr, mais que dire du résultat ? Si quelque chose comme un tribunal féministe existait, comment me jugerait-il aujourd'hui ?

Il allume une cigarette. Je retrouve l'élégance des gestes, la forme des mains, une intelligence du corps qui était aussi importante, oui, aussi parlante que ce qu'on disait. Ça au moins je ne l'ai pas rêvé.

Je sens le vin rougir mes joues. Je dis que j'ai lu *Mezzogiorno* d'un trait. Et sans aucune difficulté, comme dans une langue native. Pourtant l'anglais, d'habitude – d'ailleurs je n'ai lu aucun de tes autres livres sauf celui où tu es enfant dans l'île rouge, celui-là je l'ai lu et si tu savais comme il m'a plu, cet enfant qui comprend le monde en y marchant pieds nus. Alors il me parle de ses deux fils, qui ont fini par devenir américains ou presque, comme lui, et je demande tu as des photos – en déraillant légèrement sur le mot photos. Il sort son téléphone et m'en montre une où deux hommes (devenus des pères, eux aussi ?) encadrent une femme blonde et souriante, large visage bien charpenté. Lui c'est Gilles, présente Sam, et lui Adam. Et elle c'est Penelope, *my dear wifie.* Il prononce « Penelopee » – d'une voix rapide, tellement américaine, c'est drôle. Je suis attirée par le grand front calme, par le regard doux et myope de cette femme. Je comprends qu'il vit moitié à New York avec Penelopee et moitié dans le Vermont, où il écrit. Il dit aussi combien il aime être seul dans cette maison dans les bois. La vie de famille – il secoue la tête – ce n'est pas pour moi. Et là j'entends son léger accent, qui ne m'avait pas frappée jusque-là. Une sorte de chewing-gum vocal qui s'étire entre les mots.

— Tu te méfies toujours des gens, dis-je.

— Méfies ?

D'une voix agacée, il marmonne quelques mots contre la quiétude sentimentale, l'ennui qui tue… Toujours ce trouble malgré un autre verre, puis un autre encore, quand nos regards se rencontrent – se frôlant à peine et allant papillonner ailleurs. Et quand, d'un même élan soulagé, on se lève pour partir à la recherche d'un restaurant, je ne marche pas parfaitement droit et je fais bien attention à ne pas me cogner contre l'Américain, dans la ruelle mal éclairée.

Tandis qu'on se dirige vers la vieille rue Saint-Denis, je commence à comprendre pourquoi je l'ai entraîné dans ce quartier aujourd'hui colonisé par de prospères zombies. Il n'y a plus de putes dans les embrasures étroites – dans cette portion de la rue elles étaient soit de très jeunes débutantes soit des femmes mûres, plutôt joviales ou en tout cas blasées, qui attiraient une clientèle furtive et fauchée. Quant aux sex-shops, la moitié d'entre elles sont devenues des restaurants, des échoppes de produits bio ou des grossistes de vêtements fabriqués en Chine. Mais pour moi ce quartier reste celui des années d'après, où l'on respirait encore les fumées lointaines d'une insurrection qui s'était dissoute sans laisser la moindre trace tangible, sinon le remplacement des pavés par du bitume.

En passant rue Greneta, je lève la tête et je lui montre un balcon, au cinquième étage. Je dis que j'ai habité là.

Il y avait un arbre sur ce balcon, un bouleau au tronc argenté.

Au coin de la rue, bien que le *Zam-Zam*, boui-boui graisseux qui vendait des merguez-frites, ait été remplacé par une agence immobilière, il me semble qu'une vague odeur d'huile recuite flotte encore dans l'air, qui doit contraindre les vendeurs d'appartements, pour neutraliser ces tenaces relents du passé, à vaporiser des parfums d'ambiance dans leur boutique. De l'autre côté de la rue, au premier étage d'une cour sombre, c'était l'appartement mi-sordide mi-féerique de Daphné et Marcelle, qui avait été un temps ma deuxième maison, comme l'appartement au bouleau était la leur. Sam avait-il connu Daphné ? Non, probablement pas. Il était à l'autre –

— C'est plutôt désespérant, dit-il d'une voix soudain creuse, ce monde qui roule à contresens.

Du coin de l'œil je vois, brièvement éclairé par un réverbère, le masque d'amertume qui allonge les traits de son visage, tourné vers une famille endormie sur un matelas, dans le renfoncement d'un porche. Entre le père et la mère, tous les deux jeunes, très jeunes peut-être, deux enfants en bas âge.

— La plupart du temps, ajoute-t-il, je ne vois pas plus de raisons de continuer que de raisons d'arrêter.

Je sursaute. Saisie, un peu choquée par cette bouffée de mélancolie.

— Mais quand même. C'est fantastique, non ? dis-je

en secouant la tête, pour repousser la tristesse qui émane de cette présence taciturne, à côté de moi.

— Qu'est-ce qui est fantastique ?

— Mais tout, rien, que les choses soient, cette ville, cette nuit. Qu'on existe, qu'on parle. Tout ça qu'on a créé, qu'on va créer…

J'ai l'impression d'avoir parlé fort, avec emportement. Mes joues brûlent. Je suis bouleversée de retrouver ce côté austère, presque puritain, que je voyais parfois surgir quand on était ensemble, dans les moments où Sam se rétractait, s'assombrissait. On est tellement opposés. En voilà une découverte, tiens. Je ferais peut-être mieux de me taire (alors, toujours flambeuse ? me disent les yeux de Sam) mais je continue. Je parle de Marina Tsvétaïeva enfermée dans une cave – elle ne voit qu'un peu de graviers par le soupirail et elle écrit : cela, vous ne pouvez pas me l'enlever. Cette lumière sur ces pierres.

Rien ne vient répondre à Marina. J'ai dû trop me laisser aller, l'agacer avec mon puéril enthousiasme. Ou bien le silence est la réponse la plus honnête qu'il puisse faire. On pourrait en faire une chanson. Une chanson qui s'appellerait *Sam se tait.* Est-ce qu'il a peur d'être méchant – ou est-ce qu'il se prend pour un foutu psy – Est-ce qu'il veut vous faire entendre le silence – ou est-ce qu'il se dit les femmes on n'y comprend jamais rieeen…

— On s'arrête là ? propose Sam devant un bistrot minuscule – à cause de son nom, *Agadir Bar-Hôtel du*

Globe, sans doute, ou d'un air de salsa qui s'en échappe – et j'approuve son choix.

La nuit est assez douce quand on ressort et moi assez ivre pour dire que pendant longtemps je me suis demandé si je ne l'avais pas imaginée, cette – quoi, péripétie ? – entre nous. Si rien n'avait eu lieu qu'une banale drague, un peu ébouriffée par le vent d'idéal qui soufflait en ce temps-là. Une amourette sans tête entre un séducteur et une fille qui ne savait pas ce qu'elle voulait. C'est bizarre, j'y repensais ces derniers temps – j'hésite – et justement Paul me donne ton *Mezzogiorno*, qui me dit que je n'avais pas complètement rêvé toute l'histoire, ou alors que je n'étais pas seule à l'avoir rêvée –

Je voudrais lui demander pourquoi, à son avis, on s'était si mal quittés, je voudrais parler du carnet que j'ai retrouvé, lui demander ce qu'il pense de mon idée de scénario… mais là – je scrute la rue devant nous, *Sex Center* clignotant rouge à gauche, *Love Shop* arc-en-ciel à droite et en arrière-plan *Peep Show* d'un blanc aveuglant, giclant par saccades sur les visages qui défilent – là non, pour l'instant – impossible.

— On était cruels, hein ? dis-je sur un ton qui se veut ironique.

Samuel me regarde en souriant, hausse les sourcils. L'air de ne pas saisir très bien de quoi l'on cause. Peut-être trouve-t-il ça bête, lourdement mélo, de parler de cruauté même pour blaguer ?

— Cruels pour nous-mêmes, je veux dire –

Je ne sais pas comment continuer. Je bafouille – enfin on délirait pas mal, non, à croire qu'on allait inventer une autre façon de s'aimer ? Qu'on n'était pas seulement amoureux pour soi mais pour les autres aussi – par amour pour l'amour…

C'est assez confus, même anesthésiée par l'alcool je le devine. D'une naïveté qui frise la niaiserie, sans doute – je sens ce sourire surpris tourné vers moi, dans l'ombre, et je me sens idiote.

— Je me souviens surtout d'une grande joie, dit tranquillement Sam. Je me souviens d'une palpitante aventure et d'un furieux plaisir érotique – de la découverte que c'était pour moi. Et aussi de la surprise – il s'interrompt, attiré par une fresque géante, de l'autre côté de la rue Réaumur –, de la surprise d'y être reconnu, dans ce torrent imprévu, comme quelqu'un qui s'inventait –

On s'attarde un moment, le nez en l'air, au pied de la fresque jaune et bleue recouvrant tout le pignon d'un immeuble, où Tintin et le capitaine Haddock s'enlacent, les yeux fermés, et se roulent avec ferveur une pelle interminable – la main droite du capitaine délicatement posée sur l'épaule de Tintin, qui frôle d'un geste plein de tendresse le veston bourru de son ami.

— Je me souviens, continue Sam, d'un matin où tu me défiais avec un slogan du genre « Une femme sans un homme, c'est comme un poisson sans bicyclette » – qu'est-ce que tu en dis ? Et on démarrait au quart de tour.

Je ris, de ce rire brusque que déclenche l'irruption d'une chose vraie, sous quelque forme que ce soit.

— J'avais complètement oublié ça, dis-je.

— Mais c'était comme *ça*, non ? D'un rendez-vous sur l'autre, on se sommait d'inventer une façon de nous baiser qui apaise cette soif brûlante – et d'inventer des mots nouveaux pour la dire –

Occupée à visionner la mèche lente qui grésille dans mon cerveau, je me tords le pied au bord d'un trottoir.

— C'est vrai, dis-je en me raccrochant au bras de Sam. C'était drôle de s'aimer et de batailler en même temps.

Oui, c'était ça aussi, 69. Cette mêlée Éros/Arès. Notre éducation sentimentale. Mais tandis qu'il me parle d'une guérillère, moi c'est sa métamorphose en petite chèvre que je garde au cœur.

— En ce qui me concerne, continue Sam, l'histoire d'amour n'a pas commencé tout de suite, mais il n'a pas fallu longtemps…

Il y a des blancs, des coupures et des mots anglais dans ce qu'il dit, comme si tout lui revenait en désordre, et mes oreilles elles-mêmes, étourdies par le crépitement des mots, n'entendent pas tout ou ne comprennent qu'avec retard – devenu *addict* de toi… – c'est comme entendre une lettre filante qui s'efface à mesure qu'elle s'écrit –… et tant pis si ça fait pompeux, ajoute-t-il avec un ingénieux sourire, mi-candide mi-moqueur, il me semble que cette histoire on l'a attrapée à la volée comme l'ébauche d'un *artwork* –

Lui aussi parle de naïveté – il fallait être des idiots, dit-il, pour prétendre accomplir des choses impensables sur le sexe, pour imaginer en faire surgir un monde neuf – à nouveau je n'entends plus très bien, des mots m'échappent – on naviguait au près serré au jour le jour... toutes ces entreprises qui percolaient entre elles... *Tout* et les vadrouilles à l'étranger et le mouvement des femmes...

Rue du Louvre, quand on s'assied un moment sur un banc pour fumer l'herbe que Sam extrait d'une mince blague de cuir – dans le Vermont on n'a pas besoin de se cacher, dit-il, la vente est libre –, je vois venir vers nous un homme chauve au regard terriblement intense et transperçant – il sait tout de moi celui-là, en un quart de seconde il me connaît, j'en suis sûre – tandis que Sam continue à évoquer notre histoire qui s'est fracassée, selon lui, sur un moment décisif de la bataille des femmes pour leur libération. Il parle d'une chute, une chute forcément douloureuse tant que le désir est vivant –

— Et cette fin abrupte, ajoute-t-il, nous a laissés en panne de ce dialogue –

Il tire sur le joint que je lui repasse, me regarde en plissant les yeux et, relâchant la fumée :

— Ce dialogue qui cherchait dans votre révolte une réinvention poétique du monde.

Si l'alcool aggrave mes tendances sentimentales, chez Samuel l'herbe semble stimuler une certaine emphase. Mais je m'en moque. Ce flot de paroles un peu solennelles me restitue une vision si heureuse de l'histoire enterrée avec honte et chagrin que je me mets à sourire puis à rire *sotto voce*. Ce qui me donne envie de rire, aussi, c'est de le sentir toujours vivant, circulant entre nos deux corps affalés sur le banc, le dialogue en question.

— Écoute, dis-je pour donner un sens à ma jubilation, j'ai un truc drôle à te demander. Est-ce que tu avais vraiment cru qu'Aricie et moi, nous nous étions entendues dans ton dos pour te… t'attribuer à moi ?

Samuel rit à son tour – que faire d'autre ?

— Oui, quelque chose de ce genre j'imagine.

— Eh bien sache qu'elle n'a jamais eu lieu, cette discussion. Je sais, c'est un peu délirant de revenir là-dessus maintenant, mais c'est vrai. C'est une pure invention.

— Ah, fait Sam, et son ton pourtant très plat me paraît tordant, lui aussi.

— Et toi tu l'as crue, et tu t'es dit au diable les féministes, c'est ça ? Et moi ensuite j'ai participé à la fable des Tuotiens pour me venger, et comme ça le mensonge d'Aricie s'en trouvait confirmé.

Dans la fable des Tuotiens, ce brûlot violent et drôle qui n'hésitait pas à grossir le trait, voire à inventer, j'accusais le vaillant guerrier dont je partageais la couche de nous empêcher, son autre femme et moi, d'aller nous promener ensemble sous la Lune…

— Et moi j'ai foutu le camp, conclut Sam, pour échapper à la déprime générale.

On rit dans le noir, nos épaules se tamponnent un peu.

— Mais cette fin abrupte ne me laisse aucun regret, ajoute-t-il. Aucune amertume, aucune tristesse. Oui, ajoute-t-il d'une voix plus sourde, parce que c'est aussi dans cette chute-là que l'œuvre s'accomplit.

Une œuvre ? Oui, je pense oui *artwork* œuvre d'art oui sans doute – n'empêche, je serais curieuse de savoir comment ce serait, comment cette peau, ces mains, ce souffle se mélangeraient aux miens maintenant. Mais comme je me sens doucement lâche, lâchement molle, ce que je m'entends dire, c'est :

— Moi non plus, pas de regret. Ni d'amertume. Tristesse, je ne sais pas. Il me semble que je ne dirais pas non. Est-ce qu'on ne peut pas lui faire un peu de place, la prendre dans ses bagages, la tristesse ? C'est peut-être le meilleur moyen qu'elle ne vous brûle pas vif, ou vive –

Je parle trop. Par chance, à cet instant précis – nous sommes rue Étienne-Marcel, à hauteur de la tour de Jean-Sans-Peur –, une bande de joyeux ivrognes jaillit d'une ruelle adjacente, nous entoure en criant, ils se bagarrent pour rire en poussant des cris d'oiseaux et nous bousculent, nous entraînent dans leur charivari de poulailler – et quand ils s'éloignent, le temps d'un *mawashi-geri* envoyé à la pointe du menton de Sam, je redeviens la fille qui s'entraînait au karaté pour flanquer une bonne rouste aux nervis fachos de la fac. Il attrape mon pied, m'obligeant à sautiller sur l'autre pour me raccrocher à la grille de la tour. Une affiche, placardée là, annonce une exposition sur l'amour au Moyen Âge. Et ça nous amuse de voir, dans les chroniques de *Tout !* et nos fiévreux débats de l'époque sur la libération sexuelle, une autre version de la *fin'* et *fol' amor* des cours d'amour moyenâgeuses.

À partir de là, la nuit bascule. La nuit devient une nuit de marin, où l'on se raconte avec la liberté de ceux qui vont se quitter le jour venu. On continue à marcher au hasard. De temps en temps on s'arrête pour boire un verre dans un bistrot encore ouvert, mais ils ferment tous les uns après les autres.

Le pire, dit Sam, c'est les gens qui paniquent dans le noir.

Le pire, dis-je, c'est de s'ennuyer.

Il me raconte son lent tour du monde et comment, après qu'ils se furent séparés, Aricie et lui, il a décidé de vivre aux États-Unis. Quand il parle de sa maison dans les bois, de sa vie frugale en compagnie des insectes et des oiseaux, des grandes tempêtes hivernales et de la boue au printemps, j'aspire l'air humide de la pluie qui tombe dans la citerne, et la fumée du bois qui craque en flambant. Je me le représente penché au-dessus du grand fourneau qu'il m'a décrit, une cuisinière à bois comme il y en avait une dans l'appartement de mon enfance, je le vois remuer le contenu d'un chaudron comme un vieux sorcier.

— Qu'est-ce qui t'amuse ? demande Sam.

— Rien. Je me disais juste quelle chance on a – finalement on le reprend, ce dialogue interrompu –

Il laisse échapper un petit rire.

— Oh oui alors, qu'est-ce qu'on a comme chance…

De nouveau cette sensation d'être entraînée sur un étang gelé, pris dans les glaces noires de la mélancolie. Si j'avais eu le temps de connaître Sam à l'époque, cette méfiance, ces moments de décrochage que la jeune fille mentionnait au passage dans le carnet rouge, qui sait s'ils ne seraient pas devenus des gouffres et des montagnes entre nous ? Et ces hauts-fonds de tristesse sur quoi il doit être si facile de s'écraser ? Si lui avait eu le temps de me connaître, ne m'aurait-il pas trouvée impérieuse, imprévisible, méchamment persifleuse – une vraie teigne, en somme ?

Sam me regarde et mes doutes font place au trouble. Il y a longtemps j'ai perdu un amant, je retrouve un ami. Un ami si proche et presque inconnu. Un frère. Un genre de frère qui n'aurait cessé d'être un peu incestueux. Je pense à la tendresse qu'il m'offre en se montrant aussi loquace, lui qui déteste les épanchements, et j'ai envie de le serrer dans mes bras, mon grand frère légèrement incestueux.

Respirant l'odeur d'asphalte de la nuit, je vois la rue en plongée et nos deux corps progressant en silence dans l'obscurité, comme si je survolais nos mouvements – longues silhouettes noires, pleine lune dans le dos, ombres allongées, étirées devant nous en doubles faméliques. Place des Victoires, quand on s'arrête au pied de Louis XIV qui caracole, costumé en empereur romain, je nous vois encore en plan panoramique, tournant cette fois, assis dans un silence complice au moyeu de la place, encerclés par les rayons des rues.

Et brusquement, luttant contre une sorte de nausée, je sens que je suis en train de faire la peau à une vieille chimère que je m'étais fabriquée. À quoi je tenais comme à une partie de moi-même, comme à tout ce qu'on se raconte sur sa propre histoire. Je tente de considérer Sam au présent, de faire une place à cet homme dont je ne sais pas grand-chose sinon qu'il semble aussi solitaire que moi. J'aime qu'il soit un passager de ma nuit et qu'il se tienne sur les lisières, j'aime sa solitude tempérée, comme sans doute je tiens à la mienne.

Sous mes yeux Sam se dépouille de ce dont je l'avais paré – l'aura que lui avaient donnée son départ, le tour du monde, la vie lointaine dont j'ignorais tout : en un clin d'œil cela se défait, c'est un peu triste mais c'est par là qu'il faut aller, je lâche cette chimère, elle me donne des haut-le-cœur, je la rejette, je l'expulse de moi, un merveilleux golem haï s'esquive dans la nuit que je le veuille ou non, je ne le veux pas, quelle confiance accorder à cet inconnu pour maintenir le rêve en vie, je ne le veux pas mais il ne me demande pas mon avis, il s'en va, c'est tout. Rien d'autre à faire qu'accepter la nausée – après ça ira mieux –, me dis-je au moment où Sam propose, d'une voix flottante, d'aller se reposer quelques heures dans sa chambre à l'hôtel *Esmeralda*, puisque c'est bientôt l'aube et qu'il prend l'avion dans quelques heures.

Appuyée sur un coude, je vois en gros plan les marques du drap sur mon avant-bras, barrant le visage de Sam. Il est allongé sur le dos, immobile, mais je sens qu'il ne dort pas. Et en effet, se redressant pour me faire face, il ouvre les yeux.

— Il faut que je te dise quelque chose. Quelque chose qui explique que je me sois entiché d'Aricie, et qui a décidé de tout ce qui s'est passé par la suite.

Durant l'hiver 69, à Censier – tu n'étais pas là à cette période, réfléchit-il, en tout cas je ne me souviens pas de t'y avoir vue –, il avait été contacté par une fille, une étudiante guatémaltèque. Elle voulait savoir s'il accepterait d'aider un groupe de guérilla de son pays. L'aide en question consistait à transporter des explosifs.

Alors qu'il avait disparu depuis des heures, je perçois de nouveau cette espèce de chewing-gum vocal quand il cherche ses mots. La fatigue, ou le souci d'être exact.

— Pour… bref, pour certaines raisons, j'ai accepté. Le plan était déjà prêt, tout était organisé. C'est quelqu'un d'autre, que cette fille m'a fait rencontrer, qui me l'a expliqué, et qui m'a appris un certain nombre de choses que je devais connaître.

Il y a dans sa voix une telle tension que je me tourne vers la fenêtre. Les rideaux de toile cramoisie, qui il y a quelques minutes ne dessinaient qu'un rectangle faiblement rayonnant, sont maintenant transpercés par une lueur rose de plus en plus vive.

Le plan, donc, c'était qu'un jeune couple plutôt bourgeois, à l'aise, partait en vacances au Guatemala. Il s'agissait ensuite, ayant trouvé la plage adéquate, d'y enterrer les explosifs, de prendre des photos de l'endroit puis de les envoyer à une certaine adresse. La femme du couple, Sam devait la recruter. Il en avait parlé à plusieurs amies mais toutes avaient refusé, avant de demander à Aricie, avec qui il commençait à avoir une histoire, si elle accepterait d'en être. Elle avait dit oui, sans hésiter. Les règles de la clandestinité voulaient qu'elle ne rencontre aucun des militants qui l'avaient contacté. C'était donc à lui, Samuel, et à lui seul qu'elle accordait sa confiance. Ils avaient suivi le plan et tout s'était passé comme prévu.

— Mais à deux ou trois reprises, ajoute-t-il, on a eu chaud.

— Chaud ?

— Très chaud. À l'époque il n'y avait pas de portiques de détection dans les aéroports, ni de contrôles systématiques des bagages. On transportait les explosifs sur nous, maintenus (il fait le geste de se palper le torse) par des gilets, du genre maintien orthopédique. Quand on est passés à la douane, il y avait devant nous un couple d'Américains élégants, bien habillés, qui ont été fouillés de fond en comble, valises, vêtements, chaussures – tout. Pendant les dix ou quinze minutes que ça a duré, avec nos gilets blindés d'explosifs qui pesaient de plus en plus lourd, j'ai eu tout le temps de penser que c'était raté, notre histoire. Ensuite, arrivés là-bas – on m'avait dit tu achètes une tente et une pelle – la pelle je ne le sentais pas trop, j'avais préféré une poêle à frire – on a fini par trouver une plage qui allait à peu près. Je creusais le trou avec ma poêle à frire, le sac d'explosifs à mes pieds, quand – je n'ai jamais compris pourquoi, sur cette plage déserte – est passée tout près, à même pas dix mètres, une patrouille de militaires. Ils marchaient lentement, très lentement, en nous regardant, et là encore j'ai bien cru que c'était foutu. En plus sérieux, évidemment, parce qu'on n'était plus en France. J'avais en tête les photos des corps torturés qu'on retrouvait dans les décharges publiques du pays. J'ai fait comme on m'avait dit si un problème de ce genre se présentait : surtout ne pas les regarder dans les yeux, continue ce que tu es en train de faire. Et ils se sont éloignés.

Il se tait. Une légère vibration me parcourt le corps, comme si cette chambre silencieuse, pierres apparentes, miroir de sorcière au cadre doré et velours rouge, était une cabine spatiale qui nous emportait loin de la Terre.

— Et je devance ta question, ajoute Sam : l'attentat a échoué. Quand je suis retourné au Guatemala, des années plus tard, la même dictature militaire était toujours au pouvoir. Un homme avec qui j'étais resté en relations m'a montré une église à peine achevée, en me disant qu'un général-ministre la faisait construire pour remercier son dieu d'avoir échappé à un attentat. Il ne m'a pas dit le nom du général en question, mais c'était assez clair.

Il se lève, s'approche de la fenêtre, tire un coin du rideau et se penche vers les arbres du square puis vers la gauche, en direction de Notre-Dame. À en juger par l'intensité du jour qui fuse maintenant, il doit être entre six et sept heures. Sans doute plus près de sept que de six. Vue de dos, ce dos pensif qui se découpe sur le triangle éblouissant, la silhouette de Sam semble étrécie, rongée par la lumière.

— Voilà, conclut-il en se retournant. Quand j'y pense maintenant, je me dis que c'est une des choses dont je ne suis pas fier. Faire prendre des risques pareils à une fille aussi jeune, assez peu politisée à l'époque… Plus tard, quand on en a reparlé, elle m'a dit qu'elle m'aurait suivi au bout du monde. C'est cette histoire, je pense, qui a décidé de tout ce qui s'est passé ensuite. Les enfants, cette course à travers les continents…

Oui, soudain tout prend sens. Ce n'est pas un mensonge d'Aricie qui a changé ma vie, cette année-là, mais qu'elle ait mis en jeu sa liberté, sa vie même, par amour pour Samuel Rothberg. Tout prend sens et tout redevient mystère. Quel étrange cadeau. Et quelle drôle d'aventure. Un instant celle que je serais peut-être devenue si c'était moi qu'il avait emmenée là-bas, cette femme inconnue m'attire, essaie de me tirer par les pieds vers des bas-fonds de noire mélancolie. Elle essaie mais ça ne marche pas. Je n'arrive pas à l'imaginer. Sans doute parce que je n'aurais pas pu, moi, le *suivre* au bout du monde. Ni lui ni personne.

Et ce n'était pas une question d'amour.

Nous nous taisons à nouveau – mais cette fois le silence nous enveloppe dans une commune douceur. Il me semble être avec le petit garçon dont Samuel parlait dans son essai sur la Terre, qu'on trouvait un peu idiot parce qu'il rêvassait souvent, et que l'on menaçait des pires catastrophes s'il s'obstinait à dédaigner ce que eux, les adultes, nommaient la réalité. Comme si, disait l'enfant devenu écrivain, comme si j'avais pu rêver autre part que parmi les miens, au milieu des gens – c'était ma façon d'être avec eux. C'est là aussi qu'on s'est rencontrés, c'est là qu'on se retrouve. Deux idiots, voilà ce que nous étions et que nous sommes toujours. Idiots comme le sourire qui flotte sur nos lèvres et le rêve qui ralentit nos pas. Des idiots : mais personne ne dira à leur place ce qu'ils pensent. Et comment nommer ce qui se passe là, maintenant, entre nous ? J'en suis incapable et je m'en moque. D'ailleurs ça en crèverait peut-être, d'être nommé. C'est dans sa beauté d'être innommable et fugitif. C'est dans sa beauté d'être fragile comme un cœur enfantin, dit Samuel en me regardant, pendant que je me recoiffe dans le miroir de sorcière.

*

Quand on sort de l'hôtel, on a le même plissement de paupières pour se protéger du soleil déjà haut sur la Seine. Tournant le dos aux mangeoires du quartier Saint-Séverin où les serveurs installent déjà des tables sur les trottoirs, lançant de mécaniques bonjours racoleurs, on descend vers le quai. Sam prend la main de la femme qui marche à côté de lui. La regarde, la retourne, recto verso.

— Bah, elle est vieille maintenant, dis-je.

— On s'en fout, décide Sam.

Pour la première fois depuis la veille, je remarque les chaussures noires à bout rond, les lacets clairs. Je pense qu'il est le même. Il n'a jamais cessé d'être lui-même. Une minute prince, une minute plouc. On aimait être à part, on cherchait la beauté dans chaque chose, et cela nous lie encore.

— Mon amie, dit Sam – et sa voix secrète me sourit.

Dans le jardin attenant à Saint-Julien-le-Pauvre, un garçon dort torse nu sur une pelouse, son tee-shirt en bandeau sur les yeux, sans se soucier de la déjà dense cohue multilingue qui se bouscule autour de lui, sortant de la plus petite église de Paris pour aller vers la plus grande.

— Je t'ai inventé avec presque rien, dis-je après qu'on s'est embrassés. Et je ne m'étais pas tellement trompée, finalement.

Il sourit. S'éloigne vers le RER avec un petit signe désinvolte de la main, sans se retourner. Vraiment ? Plus fort que lui, hein ? Alors seulement je m'aperçois que je ne lui ai rien dit du scénario. Non que j'aie voulu le cacher – c'est juste qu'il n'y a pas eu de temps pour cela. Mais peu importe : on a tout le temps, désormais. Chacun dans sa vie sait que l'autre veut qu'il vive. Et ce manque, ce désir que je ressens déjà – toutes ces inventions, ces rêves et ces idées qu'on n'a pas pu se dire –, ce désir ne me tue pas. Ou alors doucement, comme dans la chanson. Il ne me tue pas, au contraire. Car ce qui m'envahit pour l'instant, avec une joie calme et merveilleuse, c'est tout ce que je vais pouvoir faire, maintenant, de cette histoire.

Cet ouvrage a été achevé d'imprimer
par CPI Brodard et Taupin à La Flèche
pour le compte des éditions Grasset
en avril 2020

Mise en pages
PCA 44400 Rezé

PAPIER À BASE DE FIBRES CERTIFIÉES

Grasset s'engage pour l'environnement en réduisant l'empreinte carbone de ses livres. Celle de cet exemplaire est de :
450 g éq. CO_2
Rendez-vous sur www.grasset-durable.fr

N° d'édition : 21489 – N° d'impression : 3038116
Dépôt légal : avril 2020
Imprimé en France